KB084422

세상에서 가장 아름다운 이야기

어린 왕자

세상에서 가장 아름다운 이야기

어린 왕자

앙투안 드 생텍쥐페리 지음

김미성 옮김 | 김민지 그림

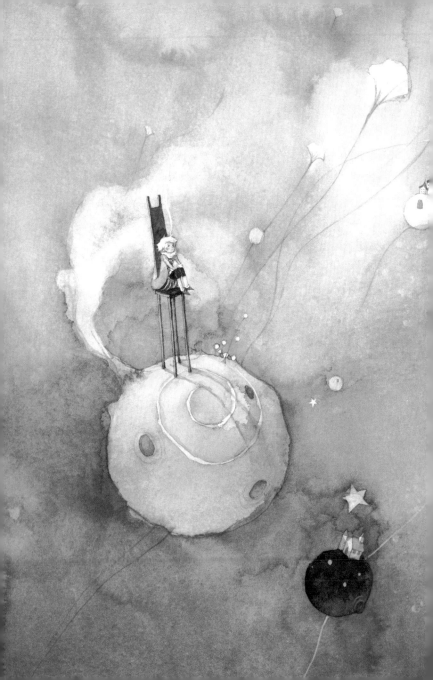

"그럼 아저씨도 하늘에서 온 거네?
아저씨는 어느 별에서 왔어?"

"가장 중요한 건 눈에 보이지 않아."

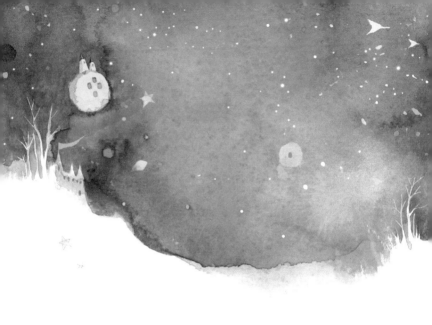

“네 장미꽃이 그렇게 소중해진 건
네가 장미꽃에 공들인 시간 때문이야.”

"슬픔이 가라앉으면
아저씨는 나를 만난 걸 기쁘게 생각할 거야.
아저씨는 언제나 내 친구일 거야."

"아저씨는 5억 개의 작은 방울을 갖게 될 거고,
난 5억 개의 우물을 갖게 될 거야⋯⋯."

세상에서 가장 아름다운 이야기

어린 왕자

『어린 왕자』는 작가인 생텍쥐페리의 조국 프랑스도 아니고 작품의 배경 중 하나인 사하라 사막도 아닌, 프랑스가 나치에 점령되어 있던 1942년 여름, 미국 뉴욕에서 집필되었다. 초판이 발행된 것도 1943년 뉴욕에서였다. 프랑스에서는 뉴욕 초판을 미세하게 수정한 상태로 1946년 초판이 발행되었다. 정찰 임무를 수행하던 생텍쥐페리가 비행기와 함께 영원히 실종되고 난 2년 뒤였다.

이렇게 세상에 나온 『어린 왕자』는 사람들에게 감성을 선물했다. 간신히 일주일 정도 마실 물밖에 남아 있지 않은 상태로, 고장 난 비행기와 함께(즉, 목숨이 위협받는 절박한 상황에서) 사하라 사막에 홀로 불시착한 비행기 조종사가 만난 어린 왕자의 순수함은 '잃어버린 소중한 것'에 대한 향수를 불러일으키며 전 세계

인들을 매혹시켰다. 그 전 세계인에는 물론 역자도 포함된다.

많은 사람들이 그렇듯 역자가 『어린 왕자』를 처음 대한 것은 아마도 초등학교 무렵이었던 것으로 기억된다. 그러나 '어린아이였던 레옹 베르트에게'라는 작품 첫머리의 헌사가 말해 주듯 『어린 왕자』는 아이를 위한 동화책은 아니다. 그 때문이었을까, 그때는 '길들인다'거나 '가장 중요한 건 눈에 보이지 않는다'는 구절들의 의미가 온전히 와 닿지는 않았던 것 같다.

『어린 왕자』를 두 번째로 만난 것은 대학 신입생 무렵이었다. 불어불문학과에 입학해서 어찌어찌 프랑스어를 해독할 수 있게 되면서 『어린 왕자』를 원어로 접하게 되었다. 하지만 1980년대의 어지러운 현실과 불확실한 미래의 중압감에 짓눌려 있던 젊은 시절의 나는 "사막이 아름다운 건 어딘가 샘이 숨겨져 있기 때문"이라고 말하며 다가온 어린 왕자와 가시가 네 개 달린 그의 꽃 한 송이가 지닌 소중함을 제대로 알지 못했다.

그리고 세 번째로 생텍쥐페리가 『어린 왕자』를 썼던 마흔두 살을 훌쩍 지나 다시 『어린 왕자』를 만났다. 이 만남을 통해 '손에 잡히는 확실한 무엇인가'를 잡기 위해 나름 치열하게 달려온 지금의 나의 모습이 어린 왕자가 지구로 오기 전에 만난, 소중한 것을 놓치고 사는 어른들과 많이 닮아 있는 것을 인정하지 않을 수 없게 되었다.

하지만 그나마 다행인 것은 겹겹이 쌓여 온 삶의 켜들 속에서

'길들인다'는 것과 '가장 중요한 건 눈에는 보이지 않는다'는 것의 의미를 어렴풋이 알게 되었다는 사실이다. 그래서일까 이젠 어린 왕자가 길들인 여우처럼 말할 수 있게 되었다.

　"내 비밀을 말해 줄게. 비밀은 아주 단순해. 그건 마음으로 보아야 잘 보인다는 거야. 가장 중요한 건 눈에는 보이지 않아."

　현재도 수많은 번역본이 존재하는 상황에서 또 한 권의『어린 왕자』를 세상에 내놓게 되었다. 현재 대한민국에서 사용되는 가장 자연스러운 단어와 표현으로 가능한 원문의 느낌을 충실히 살려 번역하려고 노력했지만, 그럼에도 불구하고 사랑스러운 어린 왕자에게 누를 끼친 건 아닌지 조심스러울 따름이다.

2015년 12월
옮긴이 김미성

어린 왕자는 아마도 철새들의 이동을 이용해 별을 떠나왔을 것이다.

레옹 베르트에게

이 책을 어른들에게 바친 것에 대해, 아이들에게 사과를 구한다.
나는 충분한 변명거리가 있다.
내게 어른들은 이 세상에서 가장 좋은 벗이기 때문이다.
다른 변명거리도 있다.
어른들은 모든 걸, 아이들을 위한 책들까지도,
이해할 수 있기 때문이다.
세 번째 변명거리도 있다.
어른들은 춥고 배고픈 프랑스에 살고 있기 때문이다.
어른들은 따뜻한 위로가 필요하다.
이 모든 변명거리가 충분치 않으면 어른들의 예전 모습인
아이들에게 이 책을 바치고자 한다.
어른들은 원래 모두 아이들이었다.
(그걸 기억하는 어른들은 많지 않지만.)
그래서 나는 헌사를 다시 쓰고자 한다.

어린아이였던 레옹 베르트에게

01

　여섯 살 적에 나는, 『경험담』이라는 제목의 원시림에 대한 책에서 굉장한 그림 하나를 보았다. 그 그림은 맹수를 삼키고 있는 보아 뱀을 묘사하고 있었다.

　책에는 이렇게 쓰여 있었다. "보아 뱀은 먹이를 씹지 않고 통째로 삼킨다. 그런 다음 더 이상 움직이지 않고, 소화가 되는 반년 동안 잠을 잔다."

　그때 나는 정글의 모험에 대해 아주 많은 생각을 했었고, 그 결과 색연필로 내 생애 첫 번째 그림을 그리는 데 성공했다. 그건 나의 1호 그림이다. 그건 이랬다.

　난 나의 걸작을 어른들에

게 보여 주었고 그 그림이 무서운지 물었다. 어른들은 내게 대답했다.

"모자가 왜 무섭겠어?"

내가 그린 그림은 모자가 아니었다. 그건 코끼리를 소화시키고 있는 보아 뱀이었다. 그래서 난 어른들이 이해할 수 있도록 보아 뱀의 배 속을 그렸다.

어른들은 언제나 설명이 필요하다. 나의 2호 그림은 이랬다.

어른들은 내게 속이 들여다보이거나 들여다보이지 않는 보아 뱀 그림은 덮어 두고 지리, 역사, 산수와 문법에 관심을 가지라고 충고해 주었다. 내 나이 여섯 살에 화가라는 멋진 직업을 포기하게 된 것은 이 때문이다. 나는 1호 그림과 2호 그림의 실패에 낙심했다. 어른들은 혼자 힘으로는 절대 아무것도 이해하지 못한다. 그렇다고 계속해서 어른들에게 설명을 해 주자니, 그건 아이에겐 너무 피곤한 일이다.

그래서 난 다른 직업을 선택해야만 했고, 비행기 조종을 배웠다. 나는 세상 이곳저곳을 비행했다. 이때 지리는 확실히 많은 도움이 되었다. 한번 흘끗 보기만 해도 중국과 미국의 애리조나 주를 가려낼 수 있었다. 지리는 밤에 길을 잃었을 때도 아주 유용했다.

난 살아가면서 사려 깊은 사람들을 수없이 만났다. 어른들과도 많은 시간을 지내며, 아주 가까이서 지켜보기도 했다. 하지만 그걸로 어른에 대한 내 생각이 크게 바뀌지는 않았다.

나는 좀 통찰력 있어 보이는 어른을 만날 때마다 계속 지니고 다니던 내 1호 그림을 보여 주며 시험해 보았다. 나는 그 사람이 내 그림을 진짜로 이해할 수 있는지 알고 싶었다. 하지만 대답은 한결같았다.

"이건 모자야."

그래서 나는 보아 뱀에 대해서도, 원시림에 대해서도, 별에 대해서도 이야기하지 않았다. 나는 카드 게임에 대해서, 골프에 대해서, 정치와 넥타이에 대해서 이야기했다. 그러면 어른들은 분별력 있는 사람을 알게 되었다며 아주 만족해했다.

02

이런 이유로 나는, 여섯 해 전 사하라 사막에서 비행기가 고
장 났을 때까지 진심을 털어놓을 사람 하나 없이 홀로 지냈다.
고장을 일으킨 건 엔진 속의 무언가였다. 정비사도 승객도 함께
한 것이 아니었기 때문에, 혼자서 비행기를 고쳐야 했다. 그 일
은 나에게 죽느냐 사느냐의 문제였다. 내게는 고작 일주일 남짓
마실 물밖에 없었다.

첫 번째 날 밤, 나는 사람들이 살고 있는 곳에서 수천 마일 떨
어진 사막의 모래 위에서 잠들었다. 나는 한없이 크고 넓은 바
다에 떠 있는 뗏목의 조난자보다 훨씬 더 고립되어 있었다. 그
러니 해 뜰 무렵 작고 여린 목소리가 나를 깨웠을 때, 얼마나 놀
랐을지 상상이 갈 거다. 그 목소리는 이렇게 말했다.

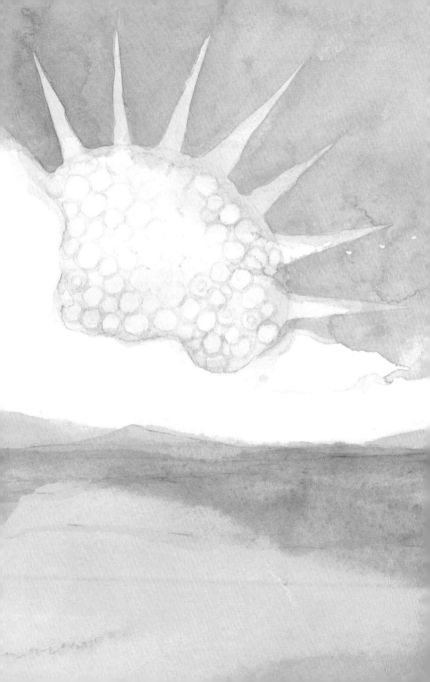

"미안하지만…… 양을 한 마리 그려 줘!"

"뭐라고?"

"양 한 마리만 그려 줘……."

나는 벼락을 맞은 것처럼 벌떡 일어났다. 그러고는 두 눈을 비비고 찬찬히 바라보았다. 특이하게 생긴 아이가 나를 심각하게 바라보고 있었다.

이 그림은 내가 어린 왕자를 그린 것들 가운데 가장 나은 것이다. 물론 그는 내 그림보다 훨씬 매력적이다. 그런데 그건 내 잘못이 아니다. 나는 여섯 살 적 어른들로 인해 상심한 뒤로, 한 번도 그림 그리는 법을 배워 본 적이 없었다. 속이 들여다보이거나 속이 들여다보이지 않는 보아뱀을 제외하고 말이다.

나는 놀라서 아주 동그래진 눈으로 아이를 바라보았다. 그런데 내가 본 아이는 길을 잃은 것 같지도, 피곤해 녹초가 된 것 같지도, 목이 말라 죽을 지경에 이른 것 같지도, 심한 두려움에 사로잡힌 것 같아 보이지도 않았다. 아이는 사람들이 사는 곳에서 수천 마일 떨어진 사막 한가운데서 길을 잃은 모습이 전혀 아니었다. 마침내 입을 뗄 수 있게 되었을 때 나는 말했다.

"그런데 거기서 뭐 하는 거야?"

그러자 그는 무척 대단한 일인 양 조용한 목소리로 다시 말했다.

"미안하지만…… 양을 한 마리 그려 줘."

신비로움을 넘어 경이로운 때는 감히 거스르지 못하는 법이다. 사람들이 사는 곳에서 수천 마일이나 떨어진 사막, 죽음의 위험에 처한 상황에서, 나는 터무니없게도 주머니에서 종이 한 장과 만년필 한 자루를 꺼냈다. 하지만 이제껏 배운 것이 주로 지리, 역사, 산수와 문법이었음을 떠올리고는 아이에게(좀 언짢은 기분으로) 그림을 그릴 줄 모른다고 말했다. 아이는 대답했다.

"그건 아무래도 좋아. 양을 한 마리 그려 줘."

나는 양은 한 번도 그려 본 적이 없었기 때문에, 내가 유일하게 그릴 줄 아는 두 개의 그림 중 하나를 그려 주었다. 속이 들여다보이지 않는 보아 뱀의 그림 말이다. 그리고 이어진 아이의 대답을 듣고 깜짝 놀랐다.

"아니! 아니야! 내가 원하는 건 코끼리를 삼킨 보아 뱀이 아니란 말이야. 보아 뱀은 너무 위험하고 코끼리는 너무 덩치가 커. 우리 집은 아주 작은걸. 난 양이 필요해. 양 한 마리만 그려 줘."

그래서 나는 다시 그림을 그렸다. 아이는 주의 깊게 바라보다가 말했다.

"아니! 이 양은 벌써 병들었어. 다른 양을 그려 줘."

나는 다시 양을 그렸다. 그러자 아이는

너그럽고 상냥한 미소를 지으며 말했다.

"잘 봐. 이건 숫양이야. 뿔이 달려 있잖아……."

그래서 나는 한 번 더 양을 그렸다. 하지만 그 그림 역시 이전의 그림들처럼 거절당했다.

"이 양은 너무 나이 들었어. 난 오래 살 수 있는 양을 원해."

서둘러 비행기 엔진 수리를 시작해야 했던 나는 인내심을 잃고 대충 긁적거렸다. 그리고 그림을 내밀었다.

"이건 상자야. 네가 원하는 양은 그 안에 있어."

그러자 꼬마 심판관의 얼굴이 환하게 밝아졌다.

"내가 원한 게 바로 이거야! 양이 먹을 풀이 많이 필요할까?"

"왜?"

"우리 집은 아주 작으니까……."

"분명 충분할 거야. 내가 그려 준 건 아주 작은 양이니까."

아이는 고개를 숙여 그림을 보았다.

"그렇게 작지는 않은데……. 봐! 양이 잠들었어……."

이렇게 해서 나는 어린 왕자를 알게 되었다.

03

그가 어디에서 왔는지 이해하는 데는 오랜 시간이 걸렸다. 어린 왕자는 내게 많은 질문을 쏟아 냈지만, 내 질문은 하나도 귀담아듣는 것 같지 않았다. 조금씩 모든 걸 알게 된 건 그가 우연히 말한 것들 덕분이었다. 그가 내 비행기의 존재를 처음 알아차리고(비행기를 그리지는 않겠다. 그건 내게는 너무 복잡한 그림이다.) 물었다.

"이건 뭐 하는 물건이야?"

"물건이 아니야. 이건 하늘을 날아. 비행기야. 내 비행기지."

내가 하늘을 날 수 있다는 사실을 그에게 알려 준 게 자랑스러웠다. 그때 그가 외쳤다.

"뭐라고? 그럼 하늘에서 떨어졌다는 거야?"

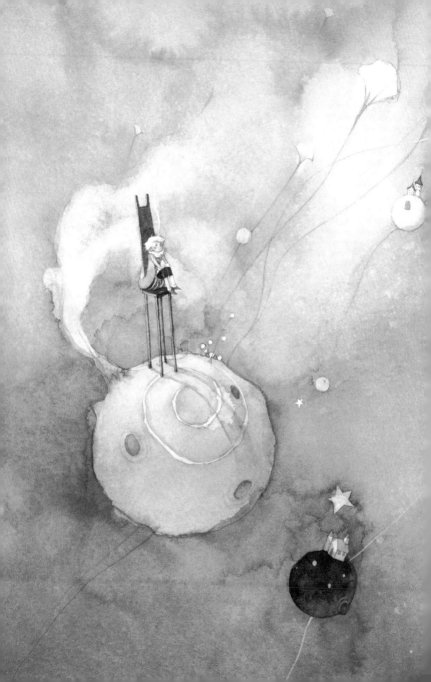

"그래." 나는 겸손한 말투로 대답했다.

"정말 이상한 일이야!"

말을 마친 어린 왕자가 큰 소리를 내며 귀엽게 웃었는데, 그게 나를 아주 화나게 했다. 나는 사람들이 내 불행을 심각하게 여겨 주기를 원한다. 게다가 그는 이렇게 덧붙였다.

"그럼 아저씨도 하늘에서 온 거네? 아저씨는 어느 별에서 왔어?"

나는 신비로운 그의 존재를 설명해 줄 희미한 단서를 어렴풋이 느끼고는 질문했다.

"그럼 넌 다른 별에서 왔니?"

그는 대답하지 않았다. 대신 내 비행기를 바라보면서 부드럽게 고개를 끄덕였다.

"정말 이걸로는, 아주 멀리서 오지는 못했겠는걸……."

그는 오랫동안 생각에 잠겼다. 그러고는 내가 그려 준 양을 주머니에서 꺼내 보물처럼 자세히 들여다보았다.

그가 반쯤만 털어놓은 '다른 별들'이란 비밀 얘기에 얼마나 호기심이 솟아났는지 모른다.

"넌 어디서 왔니? 집은 어디야? 양을 어디로 데려가려는 거지?"

어린 왕자는 잠시 생각에 잠겨 말을 멈추었다가 대답했다.

"아저씨가 준 상자 말이야, 밤에는 집으로 쓸 수 있을 것 같아서 좋아."

"물론. 착하게 굴면 낮 동안 양을 매어 둘 끈도 하나 그려 줄게. 말뚝도 같이."

어린 왕자는 내 말에 충격을 받은 것 같았다.

"양을 매어 둔다고? 정말 놀라운 생각이야!"

"하지만 매어 두지 않으면 양은 제멋대로 가 버릴 거야. 양을 잃어버릴지도 몰라……."

내 친구 어린 왕자는 다시 한 번 웃음을 터뜨렸다.

"양이 어디로 간단 말이야?"

"어디로든. 앞으로 곧장……."

그러자 어린 왕자는 심각하게 말했다.

"괜찮아. 내 별은 아주 작은걸."

그리고 아마도 조금 슬프게 덧붙였다.

"곧장 앞으로 가도 멀리는 가지 못해……."

04

이렇게 해서 나는 아주 중요한 두 번째 사실을 알게 되었다. 그건 바로 그가 떠나온 별이 집 한 채보다 고작 조금 더 클 뿐이라는 사실이다.

솔직히 많이 놀라지는 않았다. 나는 지구, 목성, 화성, 금성처럼 사람들이 이름을 붙여 준 커다란 별들 말고도 망원경으로 보기 어려운 수많은 작은 별들이 있다는 걸 잘 알고 있었다. 천문학자는 그것들 중 하나를 발견하면 이름 대신 번호를 붙인다. 예를 들면 '소행성 3251'처럼 말이다.

나는 어린 왕자의 별이 '소행성 B612'라고 믿고 있다. 그 믿음엔 물론 충분한 근거가 있다. 이 소행성은 1909년 터키의 천문학자가 딱 한 번 본 적 있는 별이다. 그는 국제천문학회에서 자신의 굉장한 발견을 증명했다. 하지만 그가 입고 있던 옷 때문에 아무도 그 말을 믿지 않았다. 어른들이란 그런 법이다.

그 일이 있고 난 뒤 터키의 독재자가 국민들에게 유럽식 옷을 입지 않으면(이를테면 양복 같은) 사형에 처하겠다고 강요했다. 1920년 그 천문학자는 우아한 옷차림을 하고 자신의 주장을 다시 증명해 보였다. 그러자 모든 사람들이 그의 의견에 동의했다.

내가 소행성 B612에 대해 이렇게 자세하게 소행성 번호까지 이야기하는 것은 어른들 때문이다. 어른들은 숫자를 좋아한다. 어른들은 새로 사귄 친구에 대해 이야기할 때 본질에 대해 질문하는 법이 결코 없다. 어른들은 절대로 이런 질문은 하지 않는다.

"그 아이의 목소리는 어때? 어떤 놀이를 좋아하지? 그 아이는 나비를 수집하니?"

어른들은 대신 이렇게 묻는다.

"그 아이는 몇 살이야? 형제가 몇 명이니? 몸무게는? 아버지의 수입은 얼마나 되지?"

어른들은 이런 질문으로 그 아이를 알 수 있다고 믿는다.

"장밋빛 벽돌로 지은 예쁜 집을 봤어요.

창가에는 제라늄 화분이 있고, 지붕 위에는 비둘기가 있어요."

집에 대해 이렇게 얘기한다면, 어른들은 그 집을 상상하지 못할 것이다.

"10만 프랑짜리 집을 봤어요."

어른들에게는 이렇게 말해야 한다. 그러면 어른들은 이렇게 말할 것이다.

"굉장히 멋진 집이겠구나!"

그러니까 어른들에게, "어린 왕자는 무척 매력적이었고, 기분 좋게 웃을 줄 알고, 양 한 마리를 갖길 원했어요. 만약 양을 갖길 원하는 사람이 있다면 그건 그가 존재한다는 증거예요."라고 말하면 어른들은 어깨를 으쓱하고는 우리를 어린애 취급할 게 분명하다.

반대로 어른들에게, "그가 떠나온 별은 소행성 B612예요."라고 말하면 어른들은 납득할 거고, 질문을 퍼부으며 귀찮게 굴지도 않을 거다.

어른들이란 그렇다. 그렇다고 그런 걸로 어른들을 탓해서는 안 된다. 아이들은 어른들에게 너그러워야 한다. 물론, 삶이 무엇인지를 이해하고 있는 우리들은 숫자를 개의치 않는다. 난 동화처럼 이야기를 시작하고 싶었다. 이렇게 말이다.

"옛날 옛적에 자기보다 클까 말까 한 작은 별에 살고 있는 어린 왕자가 있었습니다. 어린 왕자는 친구가 필요했습니다……."

삶이 뭔지 이해하고 있는 사람들에게는 이런 시작이 훨씬 진실하게 느껴질 거다.

난 사람들이 내 책을 함부로 가볍게 읽어 버리는 게 싫다. 나는 이 추억을 이야기하면서 몹시 슬프다. 내 친구가 양과 함께 떠나 버린 지 벌써 여섯 해가 흘렀다. 내가 여기서 어린 왕자에 대해 이야기하려는 건 그를 잊지 않기 위해서다.

친구를 잊는 것은 슬픈 일이다. 모든 사람에게 친구가 있었던 건 아니다. 만약 내가 그를 잊는다면, 나도 숫자에만 관심이 있는 어른들처럼 될 것 같았다. 그래서 난 그림물감과 연필을 샀다.

여섯 살 적에 속이 들여다보이거나 속이 들여다보이지 않는 보아 뱀 말고는 그림을 그려 본 적 없는 내가, 이 나이에 다시 그림을 시작하는 것은 어려운 일이다. 물론 가능한 가장 비슷하게 그를 그리려고 노력했다. 하지만 성공하리라는 자신은 없다.

어떤 그림은 괜찮은 것 같기도 하고, 어떤 그림은 그와 닮지 않았다. 어린 왕자의 키를 착각하기도 한다. 어떤 그림의 어린 왕자는 키가 너무 크다. 또 어떤 그림의 어린 왕자는 너무 작다. 어린 왕자의 옷 색깔도 망설여진다. 그렇기에 실패를 거듭하며 그럭저럭 그려 볼 수밖에 없다. 그럼에도 결국 아주 중요한 어떤 부분들을 틀릴지도 모른다.

하지만 그렇더라도 날 용서해 주어야 한다. 내 친구는 자신

에 대해 설명을 해 준 적이 한 번도 없다. 그는 아마 내가 자기
와 비슷하다고 생각한 것 같다. 하지만 불행하게도 난 상자 안
에 있는 양을 볼 줄 모른다. 아마 나는 조금쯤은 어른들과 비슷
한 것 같다. 나이가…… 들었나 보다.

05

나는 매일 조금씩 그의 별에 대해, 떠나오게 된 이유에 대해, 여행에 대해 알게 되었다. 그 기회는 아주 천천히 슬며시 다가왔다. 세 번째 되던 날 바오밥나무의 비극에 대해 알게 된 것도 그랬다. 이번에도 양 덕분이었는데, 어린 왕자는 심각한 의심에 사로잡힌 얼굴로 불쑥 물었다.

"양이 정말로 작은 나무를 먹어?"

"응, 그래."

"아! 다행이야."

양이 작은 나무를 먹는 게 왜 그렇게 중요한 일인지 나는 이해하지 못했다. 어린 왕자는 말을 덧붙였다.

"그러니까 양은 바오밥나무도 먹겠지?"

나는 어린 왕자에게 바오밥나무는 작은 나무가 아니라 성당처럼 커다란 나무이며, 코끼리 떼를 몰고 간다고 하더라도 바오밥나무 한 그루도 먹어 치우지 못할 것이라고 일러 주었다. 코끼리 떼를 떠올렸는지 어린 왕자는 웃음을 터뜨렸다.

"그럼 코끼리들을 포개 놓으면 되잖아……."

그리고 이어서 지혜로운 말을 내놓았다.

"바오밥나무도 자라기 전에는 작을 거야."

"맞아! 그런데 말이야, 왜 양이 작은 바오밥나무를 먹어 치우길 바라는 거지?"

"아이참!"

당연한 걸 묻는다는 듯이 어린 왕자는 대답했다. 그리고 나는 대답의 뜻을 이해하기 위해 열심히 생각해야 했다.

어린 왕자의 별에는 모든 별들에서 그렇듯이 좋은 풀과 나쁜 풀이 있었다. 따라서 좋은 풀의 씨앗과 나쁜 풀의 씨앗도 있었다. 하지만 씨앗은 눈에 잘 보이지 않는다. 씨앗은 그중 하나가 문득 잠에서 깨어나야겠다는 생각이 들 때까지, 대지 깊은 곳에서 비밀스럽게 잠들어 있다. 그러다 기지개를 켜고, 태양을 향해서 보드라운 어린 싹을 수줍게 내민다. 그게 만약 작은 무나 장미나무의 싹이라면 마음대로 자라도록 내버려두어도 된다.

하지만 나쁜 풀의 싹이라면 당장에 뽑아 버려야 한다.

그런데 어린 왕자의 별에는 끔찍한 씨앗이 있었다. 그건 바오밥나무의 씨앗이었다. 그 별에는 바오밥나무의 씨앗이 가득 퍼져 있었다. 바오밥나무는 너무 늦으면 뽑아낼 수 없게 되어 버린다. 그렇게 되면 별은 바오밥나무로 뒤덮이게 될 것이다. 바오밥나무의 뿌리는 별을 꿰뚫어 파고든다. 이 작은 별에 바오밥나무가 너무 많으면, 별은 산산조각 나고 말 것이다.

"그건 규칙의 문제야."

나중에 어린 왕자가 내게 말했다.

"아침에 몸단장을 마치면 별도 정성스럽게 단장시켜 주어야 해. 바오밥나무인지 장미인지 가려낼 수 있게 되면, 규칙적으로 바오밥나무를 뽑아 주어야 해. 두 나무는 어렸을 때 모습이 꽤 비슷하거든. 이건 아주 귀찮은 일이지만 아주 쉬운 일이기도 해."

어느 날 어린 왕자는 지구 아이들의 머릿속에 새겨 둘 수 있을 만한 멋진 그림을 그려 달라고 말했다.

"언젠가 아이들이 여행을 한다면 그 그림이 도움이 될 거야. 이따금은 일을 미루어 두어도 아무런 문제가 생기지 않아. 하지만 바오밥나무의 경우는 언제나 끔찍한 일이 생겨. 나는 어떤 별에 살던 게으름쟁이를 알고 있어. 그 게으름쟁이는 세 그루의 작은 바오밥나무를 돌보는 일에 소홀했어……."

　나는 어린 왕자가 일러 주는 대로 그 별을 그렸다. 나는 윤리
학자 같은 말투로 말하는 걸 좋아하지 않는다. 하지만 바오밥나
무의 위험에 대해서는 너무나도 알려진 바가 없고, 소행성에서
길을 잃은 사람에게 닥칠 위험이 몹시 크기에 이번만은 예외로
했다.

"아이들아! 바오밥나무를 조심해!"

이 그림을 이렇게 정성 들여 그린 것은, 내가 그랬듯이 자신도 모르는 사이 오래전부터 스쳐 지나갔을 위험을 친구들에게 알리기 위해서이다. 내가 준 교훈은 그만한 가치가 있다. 많은 이들이 궁금해할 거다.

"왜 이 책에는 바오밥나무 그림만큼 굉장한 그림이 없는 걸까?"

대답은 아주 간단하다. 그리려고 해 보았지만 그리지 못했다. 바오밥나무를 그릴 때 나는 위험하다는 생각에 흥분했었다.

06

나는 이렇게 조금씩 어린 왕자의 단순하고 서글픈 삶에 대해 알아 갔다. 오랫동안 어린 왕자가 즐거움을 느낄 만한 일은 해 질 녘의 부드러움을 바라보는 것밖에 없었다. 이 새로운 사실은 네 번째 날 아침에 알게 되었다. 어린 왕자는 이렇게 말했다.

"나는 해 지는 모습을 아주 좋아해. 우리 해 지는 거 보러 가자."

"기다려야 해."

"뭘 기다려?"

"해가 지기를 기다려야지."

어린 왕자는 순간 깜짝 놀란 것 같더니, 이내 웃음을 터뜨리며 말했다.

"계속 내 별에 있는 줄 알았어."

누구나 아는 것처럼 미국이 정오일 때, 프랑스는 해가 진다. 순식간에 프랑스로 갈 수만 있다면 해가 지는 것을 볼 수 있을 것이다. 그렇지만 불행하게도 프랑스는 너무 멀리 있다. 하지만, 작디작은 어린 왕자의 별에서는 앉아 있던 의자를 몇 발자국 뒤로 물리는 걸로 충분했다. 그러면 어린 왕자는 원할 때마다 석양을 볼 수 있었다.

"어느 날인가 해 지는 걸 마흔세 번이나 본 적이 있어."

그는 잠시 뒤 말을 덧붙였다.

"아저씨도 알지? 마음이 아주 슬플 때 해 지는 모습을 보는 걸 좋아하게 된다는 걸."

"마흔세 번이나 해 지는 걸 본 날은 그렇게나 많이 슬펐던 거야?"

어린 왕자는 아무런 대답도 하지 않았다.

07

다섯 번째 날, 언제나처럼 양 덕분에 어린 왕자의 삶의 비밀
을 또 하나 알게 되었다. 어린 왕자는 오랫동안 조용히 생각했
던 문제였던 것처럼 불쑥 물어 왔다.

"양은 작은 나무를 먹으니까 꽃도 먹겠지?"

"양은 닥치는 대로 무엇이든 다 먹어."

"가시가 있는 꽃도?"

"응, 가시가 있는 꽃도."

"가시는 어떤 쓸모가 있어?"

나는 그것에 대해 알지 못했다. 그때 나는 비행기 엔진에 꽉
죄어 있던 볼트 하나를 푸느라 정신이 없었다. 비행기 고장이
생각했던 것보다 더 심각하다는 걸 깨달았고, 마실 물도 떨어져

가고 있었다. 나는 혹시 모를 최악의 상황에 대해 걱정하기 시작했다.

"가시는 어디에 써?"

어린 왕자는 한번 질문을 하면 포기하는 법이 없었다. 볼트 때문에 예민해져 있던 나는 아무렇게나 대답했다.

"가시는 아무런 쓸모가 없어. 가시는 꽃이 부리는 단순한 심술일 뿐이야!"

"그래?"

잠시 침묵이 흘렀고, 어린 왕자는 원망스럽게 쏘아 댔다.

"아저씨를 믿지 못하겠어! 꽃들은 연약하고 순진해. 꽃들은 최선을 다해서 두려움에서 벗어나려는 것 뿐이야. 가시가 달려 있으면 자기들이 무섭게 보일 거라고 생각하고 있다고."

나는 아무 대답도 하지 않았다. 그 순간 나는 이런 생각을 하고 있었다.

'이번에도 볼트가 풀리지 않으면, 망치로 부숴서라도 빼내는 게 좋겠어.'

어린 왕자는 한 번 더 내 생각을 방해했다.

"아저씨는 정말 그렇게 생각해? 꽃들이……."

"아니! 난 아무 생각도 없어! 그냥 아무렇게나 대답한 거야. 난 지금 중요한 일을 해야 한다고!"

어린 왕자는 놀라서 나를 바라보았다.

"중요한 일이라고?"

어린 왕자는 기름이 묻어 더러워진 손으로 망치를 들고 그의 눈에 흉측해 보였을 게 분명한 어떤 물체를 향해 몸을 숙이고 있는 나를 바라보고 있었다.

"아저씨는 어른들처럼 말하는구나!"

그 말에 나는 조금 부끄러워졌다. 어린 왕자는 인정사정없이 말을 덧붙였다.

"아저씨는 모든 걸 혼동하고 있어. 모든 걸 뒤죽박죽으로 만들어 놓는다고!"

어린 왕자는 몹시 화가 나 있었다. 온통 황금빛인 어린 왕자의 머리카락이 바람에 흔들렸다.

"나는 빨간 피부의 신사가 살고 있는 별에 대해 알아. 그는 단 한 번도 꽃향기를 맡아 본 적이 없어. 별을 바라본 적도 없고. 누구를 사랑해 본 적도 없어. 계산하는 것 말고는 다른 걸 해 본 적이 없는 사람이야. 그 사람은 하루 종일 아저씨처럼 이렇게 말해. '난 중요한 일을 하는 사람이야! 난 성실한 사람이라고!' 그의 마음은 자만으로 가득 차 있어. 하지만 그는 사람이 아니야. 버섯이라고!"

"뭐라고?"

"버섯이라고!"

어린 왕자는 너무 화가 나 얼굴이 새하얘져 있었다.

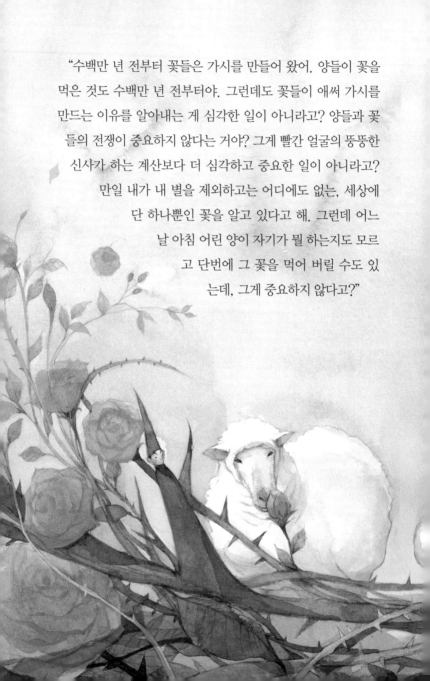

"수백만 년 전부터 꽃들은 가시를 만들어 왔어. 양들이 꽃을 먹은 것도 수백만 년 전부터야. 그런데도 꽃들이 애써 가시를 만드는 이유를 알아내는 게 심각한 일이 아니라고? 양들과 꽃들의 전쟁이 중요하지 않다는 거야? 그게 빨간 얼굴의 뚱뚱한 신사가 하는 계산보다 더 심각하고 중요한 일이 아니라고? 만일 내가 내 별을 제외하고는 어디에도 없는, 세상에 단 하나뿐인 꽃을 알고 있다고 해. 그런데 어느 날 아침 어린 양이 자기가 뭘 하는지도 모르고 단번에 그 꽃을 먹어 버릴 수도 있는데, 그게 중요하지 않다고?"

얼굴이 빨갛게 달아오른 어린 왕자가 계속 말했다.

"누군가 수백만 수천만 개나 되는 별들 가운데 단 한 송이만 피어 있는 꽃을 사랑한다면, 그 사람은 별들을 바라보기만 해도 충분히 행복할 거야. 그 사람은 '내 꽃이 어딘가 있을 거야.'라고 생각할 테니까. 하지만 양이 꽃을 먹어 버린다면, 그 사람에게는 모든 별들이 갑자기 빛을 잃어버리는 것과 같아! 그런데도 그게 중요하지 않다고?"

어린 왕자는 더 이상 말을 잇지 못하고, 울음을 터뜨렸다. 그리고 밤이 되었다.

나는 연장을 내려놓았다. 망치도, 볼트도, 목마름도, 죽음도 중요한 게 아니라는 생각이 들었다. 어느 별, 어떤 행성, 내 행성, 바로 지구에 위로해 주어야 할 어린 왕자가 있었다. 나는 어린 왕자를 품에 안았다. 그를 두 팔로 감싸 안고 달래면서 말했다.

"네가 사랑하는 그 꽃은 위험하지 않을 거야……. 양의 입을 막을 입마개를 하나 그려 줄게……. 네 꽃에게는 갑옷을 입혀 줄게……. 또 내가……."

더 이상 어떤 말을 해야 할지 몰랐다. 내가 너무 서툴게 느껴졌다. 어떻게 그의 마음에 다가가고, 또 공감할 수 있을지 알 수가 없었다. 눈물의 나라란 그렇게 신비로운 것이다.

08

나는 곧 그 꽃에 대해서 더 많이 알게 되었다. 어린 왕자의 별에는 꽃잎이 하나뿐인 소박한 꽃들만 있었다. 그 꽃들은 자리를 많이 차지하지도 않았고, 누굴 귀찮게 하지도 않았다. 꽃들은 어느 날 아침 풀 속에 나타났다가 저녁이면 사라졌다.

어느 날, 어디서 실려 왔는지 모를 씨앗에서 싹이 돋았다. 어린 왕자는 다른 싹들과 닮지 않은 그 싹을 가까이서 지켜보았다. 어쩌면 새로운 종류의 바오밥나무일 수도 있었다. 하지만 그 작은 나무는 곧 성장을 멈추었고, 꽃을 피울 준비를 했다. 커다란 꽃봉오리가 맺히는 걸 본 어린 왕자는 곧 경이로운 일이 벌어지리라고 느꼈다.

꽃은 초록색 방 안에 숨어 아름다워질 준비를 했는데, 준비는

여간해서 끝나지 않았다. 꽃은 정성들여 자신의 빛
깔을 선택했다. 천천히 옷을 입었고, 꽃잎을 한 장
씩 정돈했다. 꽃은 개양귀비처럼 헝클어진 모습으
로 피어나고 싶지 않던 거다. 그 꽃은 자신이 가장 빛
나고 아름다울 때, 그때에 피어나고 싶어 했다. 그 꽃은 자신을
자랑하기 좋아하는 꽃이었던 것이다.

그 신비로운 단장은 몇 날 며칠이 걸렸다. 그러던 어느 날 아
침, 정확히 해 뜰 녘에 꽃이 모습을 드러냈다. 그렇게 세심하게
치장을 한 꽃은 하품을 하면서 말했다.

"아! 겨우 일어났네……. 미안해요. 내 머리, 온통 헝클어졌죠?"

어린 왕자는 감탄하지 않을 수 없었다.

"정말 아름다워!"

꽃이 부드럽게 대답했다.

"그렇죠? 난 태양과 같은 시간에 태어났거든요."

어린 왕자는 꽃이 겸손하지 않다는 걸 눈치챘다. 하지만 그
꽃은 감동적일 정도로 아름다웠다.

"이제 곧 아침 식사 시간일 것 같은데, 제 식사도 준비해 주시
겠어요?"

어린 왕자는 당황했지만 곧 물뿌리개를 찾고 시원한 물을 담
아 꽃에 뿌려 주었다.

그 뒤로 꽃은 까다로운 허영심으로 어린 왕자를 꽤 귀찮게 했

다. 예를 들어 어느 날인가는 자기가 가진 네 개의 가시 이야기를 하다가 어린 왕자에게 말했다.

"호랑이가 발톱을 세우고 달려들어도 문제없어요!"

"내 별에는 호랑이가 없어. 그리고 호랑이는 풀을 먹지 않아."

"난 풀이 아니에요."

"미안……."

"난 호랑이는 하나도 무섭지 않지만 바람 부는 건 무서워요. 바람을 막아 줄 만한 건 없나요?"

'바람이 무서운 식물이라니. 이 꽃은 아주 까다로운걸…….'

"밤이 되면 나에게 유리 덮개를 씌워 줘요. 당신의 별은 너무 추워요. 주변도 별로고요. 내가 살던 곳은……."

꽃은 갑자기 말을 멈추었다. 꽃은 씨앗의 모습으로 이곳에 왔다. 그렇기에 다른 세상이 어떤지는 알 수 없었다. 순진한 척 거짓말을 꾸며 내려다 들킨 게 부끄러워진 꽃은 어린 왕자에게 잘못을 뒤집어씌우려는 듯 두세 번 기침을 했다.

"바람 막아 줄 건 어디 있어요?"

"찾으러 가려던 참에 말을 걸었잖아."

꽃은 어린 왕자가 미안한 마음을 가지게 할 작정으로 더 세게 기침을 했다. 어린 왕자는 꽃을 사랑하는 마음으로 선의를 베풀었지만, 이내 꽃을 의심하기 시작했다. 꽃이 아무렇게나 꺼낸 중요하지 않은 말을 심각하게 받아들였고, 그 말로 인해 불행해졌다. 어느 날 어린 왕자가 털어놓았다.

"꽃이 하는 말을 주의 깊게 듣는 게 아니었어. 꽃이 하는 말은 절대로 들으면 안 돼. 그저 바라보고 향기만 맡아야 해. 내 꽃은 내 별을 향기롭게 했지만 난 그걸 즐길 줄을 몰랐어. 나를 짜증스럽게 했던 발톱 이야기도 불쌍히 여기고 보듬었어야 했는데……."

어린 왕자는 말을 이었다.

"그때 난 아무것도 몰랐어! 꽃의 말이 아니라 행동으로 판단했어야 했는데. 내 꽃은 나를 향기롭게 해 주고, 빛나게 해 주었어. 내 꽃으로부터 도망쳐서는 안 되는 거였어! 가엾은 속임수 뒤에 숨은 다정한 마음을 눈치챘어야 했어. 꽃들은 너무나 모순적이야. 그리고 그때 난 꽃을 사랑하는 법을 알기에는 너무 어렸어."

09

　나는 어린 왕자가 철새의 이동을 이용해서 떠나왔을 거라고 확신한다. 떠나오는 날 아침 어린 왕자는 자신의 별을 잘 정돈했다. 정성스럽게 활화산도 청소했다. 그에게는 두 개의 활화산이 있었다. 그것들은 아침 식사를 데우는 데 아주 유용했다. 그에게는 휴화산도 있었다. 하지만 늘 그가 말했듯이 '언제 다시 불을 뿜어낼지 모르는 일!'이었다. 그래서 어린 왕자는 휴화산도 청소했다. 화산은 청소만 잘해 주면 폭발하지 않고 조용히 규칙적으로 타오른다. 화산 폭발은 벽난로 속에서 피어나는 불과 비슷하다. 물론 지구의 화산을 청소하기에 우리는 너무나 작다. 그래서 지구의 화산들은 크고 많은 재난을 만들어 낸다.

　　어린 왕자는 조금 슬픈 마음으로 마지막 남은 바오밥나무의 싹도 뽑아냈다. 이 별에 다시 되돌아오는 일은 없을 거라 생각했기 때문이다. 그래서일까 매일 아침 해 오던 모든 일들이 더없이 소중하게 느껴졌다.

　　어린 왕자는 마지막으로 꽃에 물을 주었고, 유리 덮개를 씌울 준비를 했다. 울음이 터져 나올 것 같았다.

　　"안녕."

그가 꽃에게 말했다. 하지만 꽃은 대답이 없었다.

"잘 있어."

어린 왕자가 다시 한 번 말했다. 그러자 꽃이 기침을 했다. 감기에 걸린 탓이 아니었다. 그리고 마침내 꽃이 말했다.

"내가 어리석었어요. 미안해요. 행복해지길 바랄게요."

어린 왕자는 꽃이 가시 돋친 말을 하지 않아 놀랐다. 어리둥절한 그는 유리 덮개를 미처 씌워 주지도 못했다. 이토록 침착하고 다정한 꽃이라니⋯⋯ 이해할 수 없었다.

"나는 당신을 사랑해요. 하지만 당신은 아무것도 몰랐어요. 그건 내 잘못이에요. 지금에 와서 그건 하나도 중요하지 않아요. 그렇지만 당신도 나만큼이나 바보였어요. 나는 당신이 행복해졌으면 해요. 유리 덮개는 그만 치워 줘요. 이젠 필요 없으니까요."

"하지만 바람이⋯⋯."

"그렇게까지 추위에 약하지는 않아요. 시원한 밤바람이 오히려 내게 더 좋을 거예요. 난 꽃이니까요."

"하지만 벌레들이⋯⋯."

"나비와 만나려면 애벌레 두세 마리는 참아 내야죠. 나비는 정말 아름다운 것 같아요. 나비가 아니면 누가 날 찾아와 주겠어요? 당신은 멀리 가 버릴 텐데. 벌레들은 하나도 무섭지 않아요. 나는 가시가 있거든요."

꽃은 네 개의 가시를 보여 주었다. 그리고 덧붙였다.

"그렇게 꾸물대지 마세요. 신경 쓰이니까. 떠나기로 했으면 빨리 가 버리라고요."

꽃은 어린 왕자에게 우는 모습을 보이고 싶지 않았다. 그렇게나 자존심이 센 꽃이었다.

10

어린 왕자는 소행성 325호, 326호, 327호, 328호, 329호 그리고 330호 주변을 여행하고 있었다. 그는 일거리를 찾고, 새로운 것도 배우기 위해 그 별들을 살펴보기로 했다.

첫 번째 별에는 왕이 한 명 살고 있었다. 왕은 자줏빛 천과 흰 담비 모피로 만든 옷을 입고, 아주 단순하지만 위엄 있어 보이는 옥좌에 앉아 있었다.

"아! 신하가 한 명 왔군." 어린 왕자를 발견한 왕이 외쳤다.

어린 왕자는 이상하게 생각했다.

'한 번도 본 적이 없는데 어떻게 나를 알아보는 거지?'

어린 왕자는 왕들의 세상이 아주 단순하다는 걸 알지 못했다. 왕에게 모든 사람들은 신하였다.

"너를 잘 볼 수 있도록 가까이 다가와 보아라."

새로운 신하가 생겼다는 사실에 의기양양해진 왕이 어린 왕자에게 말했다. 어린 왕자는 눈으로 앉을 곳을 찾았지만 그 별은 호화로운 흰 담비 모피로 뒤덮여 있었다. 어린 왕자는 계속 서 있을 수밖에 없었고, 피곤함이 몰려와 하품을 했다. 그러자 왕이 말했다.

"왕 앞에서 하품을 하는 건 예절에 어긋나는 일이다. 앞으로 하품을 금하겠다."

어린 왕자는 당황해하며 대답했다.

"하품은 참을 수 있는 게 아닌걸요. 전 아주 긴 여행을 했고, 잠도 제대로 자지 못했어요."

"그러한가. 그렇다면 하품하는 걸 허하겠노라. 하품하는 사람을 본 게 몇 년 만인지 모른다. 오랜만에 보니 그것참 신기하구나. 자, 하품을 더 해 보거라. 이건 명령이다."

"명령이라고 말씀하시니 겁이 나서…… 하품이 나오지 않아요……." 어린 왕자가 얼굴을 붉히며 말했다.

그러자 왕이 어린 왕자에게 말했다.

"음……, 그렇다면 어떤 때는 하품을 하고 또 어떤 때는……."

왕은 언짢은 내색을 보이며 횡설수설했다. 왕은 무엇보다도 자신의 권위가 존중되기를 바라고 있었다. 자신이 내린 명령을 거역하는 것을 참을 수 없었다. 그는 전제 군주였다. 하지만 왕

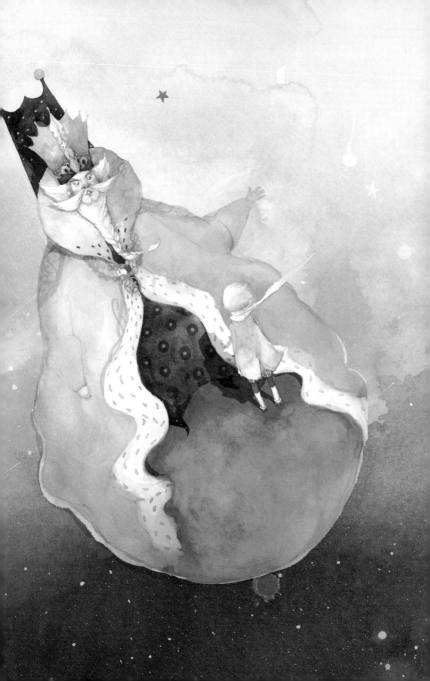

은 꽤 훌륭한 사람이기도 해서, 이치에 맞지 않는 명령은 내리지 않았다. 그는 이렇게 말한 적이 있다.

"내가 만약 어떤 장군에게 바닷새로 변하라고 명령했는데 그 장군이 명령을 거역했다면, 그건 장군의 잘못이 아니다. 그건 내 잘못이다."

"앉아도 될까요?" 어린 왕자가 머뭇거리며 물었다.

"앉기를 명하노라." 왕은 흰 담비 모피로 만든 화려한 외투 자락을 위엄 있게 당기며 대답했다.

어린 왕자는 혼란스러웠다. 별은 아주 작았다. 왕은 대체 무엇을 다스리고 있는 것일까?

"폐하, 무엇 하나 여쭈어 봐도 될까요?"

"내게 질문하기를 명하노라." 왕이 서둘러 답했다.

"폐하…… 폐하는 무엇을 다스리고 계신가요?"

"모든 것." 왕이 아주 짧게 대답했다.

"모든 것이요?"

왕은 신중한 태도로 자신의 별과 다른 별들을 가리켰다.

"저 별들을 모두 다스리신다고요?"

"그래. 저 별들 모두……."

그는 이 별 뿐만 아니라 우주의 전제 군주이기도 했다.

"그럼 모든 별들이 폐하께 복종하나요?"

"물론이지. 내가 명령하면 모든 별들은 곧바로 복종하지. 난 불복종을 허락하지 않느니라."

어린 왕자는 왕이 가진 권력에 감탄했다. 만일 자신이 이와 같은 권력을 가지고 있다면 의자를 움직이지 않고도 하루에 마흔네 번, 아니 일흔두 번, 아니 백 번, 어쩌면 이백 번까지도 해 지는 걸 볼 수 있을 터였다!

이런 생각을 하자 어린 왕자는 떠나온 자신의 작은 별이 떠올라 조금 슬퍼졌다. 그는 왕에게 조심스레 부탁했다.

"저, 해 지는 모습을 보고 싶어요⋯⋯. 부디 제 부탁을 들어주세요. 해가 지도록 명령해 주세요."

"만일 내가 어떤 장군에게 나비처럼 이 꽃 저 꽃으로 날아다니라고 명하거나 비극 한 편을 쓰라고 명하거나 바닷새로 변하도록 명했는데 그 명령에 복종하지 않는다면, 장군과 나 둘 중에서 누가 잘못한 것이겠는가?"

"그건 폐하의 잘못입니다." 어린 왕자가 단호하게 말했다.

"네 말이 맞다. 누군가에게 명령할 때는 그 사람이 할 수 있는 것을 요구해야만 한다. 권위란 이성에 근거를 두어야 해. 네가 만약 네 백성들에게 바다에 뛰어들라고 명령한다면 그들은 반란을 일으킬 게야. 내가 복종을 요구할 권리를 가질 수 있는 건, 내 명령이 이치에 맞기 때문이지."

"그럼 해가 지도록 명령하는 것은요?" 한번 질문을 하면 꼭 답을 들어야만 하는 어린 왕자가 다시 물었다.

"넌 해가 지는 걸 볼 수 있을 게다. 내가 명령을 내려 줄 테니까. 하지만 조건이 갖추어질 때까지 기다려야 한다. 그것은 내가 별들을 다스리는 통치 이념이니라."

"언제까지 기다리면 될까요?" 어린 왕자가 물었다.

"음, 음! 그건…… 오늘 저녁 7시 40분쯤일 것이니라. 그때가 되면 내 명령에 어떻게 복종하는지 알게 될 게다."

어린 왕자는 하품이 나왔다. 곧바로 해 지는 걸 보지 못하게 된 게 아쉬웠다. 그리고 벌써 조금 지루해졌다.

"여기에서는 더 이상 할 일이 없어요. 떠나야겠습니다!" 어린 왕자가 왕에게 말했다.

"떠나지 마." 신하를 갖게 된 것이 자랑스러웠던 왕이 대답했다.

"떠나지 말거라. 떠나지 않는다면 너를 장관으로 삼을 것이다."

"무슨 장관이요?"

"음…… 법무부 장관!"

"하지만 이 별에는 재판받을 사람이 아무도 없는걸요?"

"그건 모르는 일이다. 난 아직 내 왕국을 모두 살펴보지 못했다. 나는 나이가 아주 많고, 마차를 타자니 둘 자리가 없더구나. 그렇다고 걸어 다니기엔 너무 힘이 들고…….”

“아! 제가 벌써 다 봤는걸요. 저 건너편에도 아무도 없어요.”

어린 왕자는 몸을 숙여 별의 저쪽 편을 힐끗 쳐다보았다.

“그럼 너 자신을 심판하거라. 그게 가장 어려운 일이니라. 다른 사람을 심판하는 것보다 스스로를 심판하는 게 훨씬 더 어렵지 않느냐. 네가 스스로를 훌륭하게 심판해 낸다면, 너는 진정으로 현명한 사람이 될 수 있을 게다.”

“스스로를 심판하는 건 어디서든 할 수 있어요. 그러니까 전 이 별에 있을 필요가 없어요.”

“음! 음! 내 별 어딘가에 늙은 쥐 한 마리가 살고 있는 것 같구나. 밤이면 소리가 들려. 그 늙은 쥐를 심판하거라. 이따금은 그 쥐에게 사형 선고를 내리거라. 그러면 그 쥐의 생명은 네게 달려 있게 된다. 하지만 사형을 내린 뒤엔 반드시 사면해 주어야 한다. 한 마리밖에 없는 그 쥐를 살려 두어야 하니까 말이다.”

“저는 사형 선고를 내리는 일은 하고 싶지 않아요. 이만 떠나야 할 것 같아요.”

“가지 마!” 왕이 말했다.

어린 왕자는 떠날 준비를 마쳤지만, 늙은 왕을 슬프게 하고 싶지 않았다.

“폐하의 명령이 어김없이 지켜지기를 원하신다면 이치에 맞는 명령을 내려 주세요. 저에게 1분 안에 떠나라고 명령하시는 건 어떨까요? 지금이 그 명령을 내리시기에 좋은 조건을 갖춘 때인 것 같아요."

왕은 아무런 대답도 하지 않았다. 어린 왕자는 망설이던 끝에 한숨을 내쉬고는 자리를 떠났다. 그러자 왕이 서둘러 소리쳤다.

"너를 대사로 임명하겠노라."

아주 위엄 있어 보이는 모습이었다.

'어른들은 정말 이상해.' 어린 왕자는 속으로 생각하며 발길을 옮겼다.

11

두 번째 별에는 허영심 가득한 사람이 살고 있었다.

"아! 숭배자가 찾아왔군!"

어린 왕자를 발견하자마자 허영심 가득한 사람이 외쳤다. 허영심 가득한 사람은 다른 이들이 모두 자기를 찬양한다고 믿고 있었다.

"안녕하세요. 그런데 이상한 모자를 쓰고 계시네요."

"사람들이 내게 환호하면 답례해 주기 위해 쓴 모자란다. 하지만 불행하게도 지나가는 사람이 아무도 없구나."

"그래요?" 어린 왕자는 대답했지만 그의 말을 이해한 건 아니었다.

"손뼉을 마주쳐 봐." 허영심 가득한 사람이 말했다.

어린 왕자는 손뼉을 마주쳤다. 그러자 허영심 가득한 사람은 모자를 벗으면서 겸손하게 인사했다.

'왕을 만났을 때보다 더 재미있는걸?'

어린 왕자는 다시 손뼉을 치기 시작했다. 허영심 가득한 사람은 모자를 벗으며 다시 답례했다. 5분쯤 시간이 흐르자, 어린 왕자는 이 단조로운 놀이가 싫증이 났다.

"어떻게 하면 그 모자를 떨어뜨릴 수 있나요?"

하지만 허영심 가득한 사람은 어린 왕자의 말을 듣지 않았다. 허영심이 가득한 사람들은 칭찬하는 말만 들었다.

"너는 진심으로 나를 숭배하니?" 그가 어린 왕자에게 물었다.

"숭배한다는 게 무슨 의미예요?"

"숭배한다는 건 내가 별에서 가장 잘생기고, 가장 멋지게 옷을 입고, 가장 부자고, 가장 지적이라는 걸 인정하는 거란다."

"하지만 이 별에는 아저씨 밖에 없는걸요?"

"그래도 날 숭배해! 날 기쁘게 해 주렴."

"좋아요. 전 아저씨를 숭배해요. 그런데 그게 뭐가 중요하죠?" 어린 왕자는 어깨를 조금 으쓱하면서 말했다. 그러고는 이내 그 별을 떠났다.

'어른들은 정말 너무 이상해.'

어린 왕자는 이렇게 생각하면서, 여행을 계속했다.

12

다음 별에는 술 취한 사람이 살고 있었다. 아주 짧은 방문이었지만 어린 왕자는 깊은 슬픔에 빠졌다.

"거기서 뭘 하고 계세요?"

어린 왕자가 술 취한 사람에게 말했다. 그는 빈 술병과 가득 찬 술병 더미 앞에 조용히 자리하고 있었다.

"술 마시지." 침울한 표정으로 술 취한 사람이 대답했다.

"왜 술을 마셔요?" 어린 왕자가 물었다.

"잊기 위해서야." 술 취한 사람이 대답했다.

"뭘 잊고 싶은데요?" 벌써 술 취한 사람이 불쌍해진 어린 왕자가 물었다.

"부끄러움을 잊기 위해서야." 고개를 숙이며 술 취한 사람이 털어놓았다.

"뭐가 부끄러운데요?" 그를 돕고 싶었던 어린 왕자가 물었다.

"술을 마시는 게 부끄러워."

이 말을 마치고 술 취한 사람은 계속 침묵했다. 난처해진 어린 왕자는 그곳을 떠났다.

'어른들은 정말 너무너무 이상해.'라고 생각하며 어린 왕자는 여행을 계속했다.

13

네 번째 별은 사업가의 별이었다. 이 사람은 너무 바빠서 어린 왕자가 도착했음에도 고개조차 들지 못했다.

"안녕하세요? 담뱃불이 꺼졌어요." 어린 왕자가 말했다.

"3 더하기 2는 5. 5 더하기 7은 12. 12이 더하기 3은 15. 안녕! 15 더하기 7은 22. 22 더하기 6은 28. 불을 다시 붙일 시간도 없구나. 26 더하기 5는 31. 휴! 그러니까 5억 162만 2천 731이군."

"뭐가 5억 얼마라는 거예요?"

"응? 아직도 거기 있었어? 뭐냐면 5억 100만⋯⋯. 더 이상은 모르겠어⋯⋯. 일이 정말 많아! 난 성실한 사람이란다. 허튼소리나 하면서 빈둥대는 걸 좋아하지 않지. 2 더하기 7은⋯⋯."

"뭐가 5억 얼마라는 거예요?"

평생토록 일단 한번 질문을 하면 포기한 적이 없는 어린 왕자가 다시 물었다. 사업가는 고개를 들었다.

"내가 이 별에서 54년을 사는 동안 방해를 받은 것은 단 세 번뿐이야. 첫 번째는 22년 전이었는데 어디서 떨어졌는지도 모르는 풍뎅이 때문이었어. 그놈이 얼마나 요란한 소리를 내는지 덧셈을 네 군데나 틀렸지 뭐야. 두 번째는 11년 전 관절염이 악화됐을 때였지. 난 운동 부족이야. 산책 같은 걸 할 시간이 없거든. 난 그만큼 바쁘고 진지한 사람이야. 세 번째는…… 바로 지금이야! 그러니까 내가 뭐라고 말했냐면 5억 100만……."

"뭐가 5억 100만이라는 거예요?"

사업가는 조용히 일할 희망이 전혀 없다는 걸 깨달았다.

"하늘에 보이는 저 작은 것들 말이다."

"파리요?"

"아니, 빛나는 작은 것들."

"벌이요?"

"아니. 게으름쟁이들을 꿈꾸게 하는 금빛의 작은 것들 말이야."

"아! 별이요?"

"맞아. 바로 그거야."

"5억 100만 개나 되는 별로 뭘 하시려고요?"

"5억 162만 2천 731개야. 난 정확하고 성실한 사람이지."

"이 별들로 뭘 하시는데요?"

"뭘 하냐고? 아무것도 하지 않아. 그저 소유하는 거야."

"별들을 소유한다고요?"

"그래."

"하지만 내가 만난 어떤 왕은……."

"왕들은 소유하지 않아. 그들은 지배하지. 소유와 지배는 아주 다른 거야."

"별을 소유하면 아저씨는 뭐가 좋아요?"

"난 부자가 되지."

"부자가 되면 뭐가 좋아요?"

"누군가 다른 별을 발견하면 그걸 살 수 있어."

'이 아저씨도 지난번 그 술 취한 아저씨처럼 이야기하는걸.' 이렇게 생각하며 어린 왕자가 계속 물었다.

"그런데 어떻게 하면 별을 소유할 수 있나요?"

"별은 누구 거지?" 사업가가 인상을 쓰며 되물었다.

"몰라요. 누구의 것도 아니에요."

"그럼 별은 내 거야. 내가 가장 먼저 별을 가질 생각을 했으니까."

"그러면 별이 아저씨 것이 되는 거예요?"

"물론이지. 네가 만약 주인 없는 다이아몬드를 발견한다면,

그건 네 거야. 네가 주인 없는 섬을 발견한다면 그것 또한 네 거야. 네가 가장 먼저 어떤 생각을 한다면 특허를 받아야 해. 그러면 그 생각은 네 소유가 되지. 나보다 먼저 별을 소유하겠다고 생각한 사람이 아무도 없으니까, 그 별은 내 것이 되는 거야."

"그건 그러네요. 그런데 그 별로 뭘 하시려고요?"

"관리하는 거지. 별을 세고 또 세면서. 그건 어려운 일이란다. 하지만 난 진지하기 때문에 잘할 수 있어."

어린 왕자는 그래도 만족스럽지 않았다.

"나는요. 만일 목도리를 가지고 있다면 그걸 목에 두르고 다닐 수 있어요. 내가 꽃을 한 송이 가지고 있다면 그걸 꺾을 수 있어요. 하지만 아저씨는 별을 딸 수가 없잖아요!"

"그래 맞아. 하지만 은행에 넣어 둘 수는 있어."

"그게 무슨 말이에요?"

"작은 종이에 내 별이 몇 개인지 적는 거야. 그러고는 그 종이를 서랍 속에 넣고 열쇠로 잠그는 거지."

"그게 다예요?"

"응. 그걸로 충분해."

어린 왕자는 생각했다.

'재미있는걸? 꽤나 시적이기도 하고. 하지만 그렇게 중요한 일은 아니야.'

어린 왕자는 중요하다는 것에 대해 어른들과는 아주 다른 생각을 가지고 있었다.

"나는 꽃을 한 송이 소유하고 있어요. 그래서 매일 물을 주죠. 화산도 세 개나 가지고 있는데, 매주 분화구를 청소해요. 휴화산이라도 청소해 줘요. 언제 다시 불을 내뿜을지 모르는 일이거든요. 내가 그들을 소유한다는 건 내 꽃이나 내 화산에게는 유익한 일일 거예요. 그런데 아저씨는 별들에게 그다지 유익해 보이지 않아요……."

사업가는 입을 열었지만 대답할 말을 찾지 못했다. 그래서 어린 왕자는 그 별을 떠났다.

"어른들은 정말 완전 이상해."라고 중얼거리면서.

14

다섯 번째 별은 아주 특이했다. 그 별은 지금까지 여행했던 그 어떤 별보다 작았다. 그곳은 가로등 하나와 가로등 켜는 사람 한 명이 겨우 서 있을 만한 공간밖에 없었다. 어린 왕자는 집 한 채 사람 한 명도 없는 하늘 어딘가의 별에, 가로등과 가로등 켜는 사람이 왜 필요한지 이해할 수 없었다. 그래서 속으로 이렇게 생각했다.

'이 사람은 분명 엉뚱한 사람일 거야. 하지만 왕, 허영심 가득한 사람, 술 취한 사람, 사업가보다는 나을 거야. 적어도 이 사람은 의미 있는 일을 하고 있으니까 말이야. 가로등을 켜는 일은 하나의 별에 한 송이 꽃을 피어나게 하는 것과 같아. 그가 가로등을 끄면 별이나 꽃도 잠이 드는 거고. 그건 아주 아름다운

일이야. 아름답기 때문에 유익한 일이기도 해.'

어린 왕자는 가로등 켜는 사람에게 가까이 다가가 공손히 인사를 건넸다.

"안녕하세요? 아저씨 왜 방금 가로등을 끄셨어요?"

"명령 때문이야. 좋은 아침이구나." 가로등 켜는 사람이 대답했다.

"명령이라니 무슨 소리예요?"

"가로등을 끄라는 거지. 잘 자렴." 그러고는 가로등을 다시 켰다.

"왜 방금 가로등을 다시 켜셨어요?"

"명령이니까." 가로등 켜는 사람이 대답했다.

"무슨 말인지 이해를 못하겠어요." 어린 왕자가 말했다.

"이해할 필요는 없어. 명령은 명령이니까. 잘 잤니?"

가로등 켜는 사람이 말하며, 다시 가로등을 껐다. 그러고는 붉은 바둑판무늬 손수건으로 이마의 땀을 닦았다.

"내 일은 정말 끔찍한 직업이야. 예전에는 그래도 합리적이었지. 아침에 불을 끄고 저녁이 되면 불을 켰으니까. 나머지 낮 시간에는 쉬었고, 밤 시간에는 잠을 잘 수 있었어……."

"그런데 명령이 바뀐 거군요!"

"명령은 바뀌지 않았어. 바로 그게 비극이지. 별은 해마다 점점 빨리 도는데 명령은 바뀌지 않으니까!"

"그래서요?" 어린 왕자가 말했다.

"지금 별은 1분에 한 바퀴씩 돌고, 난 1초도 쉴 수가 없어. 1분에 한 번씩 불을 켰다 꺼야 해."

"정말 이상해요! 아저씨가 사는 별에서는 하루가 1분이네요!"

"하나도 이상하지 않아. 우리가 이야기를 나누는 동안 벌써 한 달이 지났단다." 가로등 켜는 사람이 말했다.

"한 달이요?"

"그래. 30분이니까 30일이지. 잘 자."

말을 마친 그는 다시 가로등에 불을 켰다. 어린 왕자는 그를 바라보았고, 명령에 그토록 충실한 이 사람이 좋아졌다. 어린 왕자는 의자를 뒤로 물리면서까지 해 지는 풍경을 보려고 했던 지난날이 떠올랐다. 그는 친구를 돕고 싶었다.

"저…… 아저씨가 쉬고 싶을 때 쉴 수 있는 방법이 있어요……."

"난 언제나 쉬고 싶단다." 가로등 켜는 사람이 말했다.

사람이란 누구나 성실하면서도 동시에 게으를 수도 있기 때문이다. 어린 왕자가 계속 말했다.

"아저씨의 별은 아주 작아서 세 걸음이면 한 바퀴를 돌 수 있어요. 천천히 걷기만 해도 언제나 해를 볼 수 있어요. 쉬고 싶으면 걸으면 돼요……. 그러면 원하는 만큼 낮이 길어질 거예요."

"그런다고 내게 큰 도움이 되지는 않아. 내가 정말 원하는 건 잠을 자는 거거든."

"그것참 안됐네요." 어린 왕자가 말했다.

"할 수 없지 뭐. 좋은 아침." 그는 다시 가로등을 껐다.

어린 왕자는 다시 길을 떠나 여행하면서 이렇게 생각했다.

'왕이나 허영심 가득한 사람, 술 취한 사람, 사업가는 저 사람을 한심하다고 생각할 수도 있어. 하지만 내가 보기에 우스꽝스럽지 않은 사람은 저 사람뿐이야. 저 사람은 자기 자신이 아닌 다른 일에 몰두하고 있기 때문이야.'

어린 왕자는 아쉬운 마음에 한숨을 내쉬며 생각을 이었다.

'지금까지 만난 사람 중에 유일하게 친구로 삼을 만한 사람이었는데……. 하지만 저 사람의 별은 너무 작아. 두 사람이 있을

공간이 없어…….'

어린 왕자가 축복받은 그 별을 잊지 못하는 이유는, 그 별에서는 24시간 동안 1천 444번이나 해가 지는 것을 볼 수 있었기 때문이다. 어린 왕자는 차마 스스로에게도 이 고백을 할 수 없었다.

15

여섯 번째 별은 먼저 별보다 열 배나 더 큰 별이었다. 그 별에는 엄청나게 큰 책을 쓰고 있는 노신사가 살고 있었다.

"오! 탐험가가 한 명 왔군!" 어린 왕자를 발견한 그가 외쳤다.

어린 왕자는 테이블 위에 앉아서 숨을 돌렸다. 이렇게 긴 여행은 처음이었다.

"어디서 오는 거지?" 노신사가 어린 왕자에게 물었다.

"이 두꺼운 책은 뭐예요? 여기서 뭘 하고 계세요?" 어린 왕자가 말했다.

"난 지리학자야." 노신사가 말했다.

"지리학자가 뭐예요?"

"바다, 강, 도시, 산과 사막이 어디에 있는지 아는 사람이란

다.”

"그것참 재미있겠는걸요? 드디어 직업다운 직업을 가진 분을 만났어요.”

말을 마친 어린 왕자는 지리학자의 별을 둘러보았다. 이렇게 웅장한 별을 본 것은 처음이었다.

"할아버지의 별은 정말 아름다워요. 혹시 넓은 바다가 있나요?”

"그건 알 수 없단다.” 지리학자가 말했다.

"아……. (어린 왕자는 실망했다.) 그럼 산은요?”

"그것도 알 수 없단다.” 지리학자가 말했다.

"그럼 도시나 강, 사막은요?”

"그것도 알 수가 없구나.” 지리학자가 말했다.

"할아버지는 지리학자잖아요!”

"그래. 난 지리학자야. 하지만 탐험가는 아니지. 나에게는 탐험가가 정말 부족해. 도시와 강, 산과 바다, 넓은 바다와 사막을 셈하며 돌아다니는 건 지리학자가 하는 일이 아니야. 지리학자는 아주 중요한 사람이라서 한가로이 돌아다닐 시간이 없어. 지리학자는 자기 연구실을 떠나는 법이 없어. 대신 탐험가들을 만나지. 탐험가들에게 질문을 하고, 그들의 기억을 기록하는 거야. 그들 중 한 사람의 기억에 흥미가 생기면 지리학자는 그 사람의 인성에 대해 조사시킨단다.”

"그건 왜요?"

"탐험가가 거짓말을 하면 지리책이 엉망이 될 테니까. 술을 너무 많이 마시는 탐험가도 마찬가지야."

"그건 또 왜요?" 어린 왕자가 물었다.

"술 취한 사람에겐 세상이 두 개로 보이니까. 술 취한 탐험가의 말을 믿고 지리책을 쓰면, 하나밖에 없는 산을 두 개라고 기록하게 될 거야."

"제가 아는 사람 중에 엉터리 탐험가가 될 만한 사람이 한 명 있어요." 어린 왕자가 말했다.

"그럴 수도 있지. 그래서 탐험가의 인성이 훌륭해 보이면 그 사람이 발견한 걸 조사하도록 시킨단다."

"직접 보러 가시나요?"

"아니. 그러면 일이 너무 복잡해져. 대신 탐험가에게 증거를 가지고 오라고 한단다. 예를 들어 커다란 산을 발견했다고 하면 그 산의 큰 돌을 가져오라고 하는 거야."

지리학자가 갑자기 흥분하며 말했다.

"그런데 너, 넌 멀리서 왔잖아! 너는 탐험가 분명해! 네 별에 대해 이야기해 주겠니?"

지리학자는 노트를 펼치고 연필을 깎았다. 그는 탐험가들의 이야기는 우선 연필로 적었다. 그런 뒤 탐험가가 증거를 가져오면 그때 다시 잉크로 적었다.

"자, 시작해 볼까?" 지리학자가 말했다.

"아, 제가 살던 별은 그다지 흥미롭지 않아요. 제 별은 아주 작아요. 그리고 화산이 세 개 있어요. 두 개는 활화산이고 하나는 불이 꺼진 화산이지요. 하지만 언제 어떻게 될지 모르는 일이에요."

"그래, 모르는 일이지." 지리학자가 말했다.

"제 별에는 꽃도 한 송이 있어요."

"꽃은 기록하지 않아." 지리학자가 말했다.

"왜요? 꽃이 가장 예쁜걸요!"

"꽃은 일시적인 존재이기 때문이야."

"일시적인 존재라는 게 무슨 의미예요?"

"지리책은 모든 책들 중에서 가장 귀중한 책이야. 지리책이 시대에 뒤떨어지는 일은 없어. 산이 다른 곳으로 자리를 옮기는 일은 거의 없거든. 넓은 바다의 물이 마르는 일도 거의 일어나지 않지. 우리는 영원한 것들만 기록해."

"하지만 불이 꺼진 화산은 다시 깨어날 수 있어요. 그런데 일시적인 존재가 뭐예요?"

"우리에겐 화산이 꺼져 있건 깨어 있건 똑같아. 우리에게 중요한 건 산이야. 산은 변함이 없지."

"도대체 일시적인 존재라는 게 무슨 뜻이예요?" 한번 질문을 하면 포기하는 일이 없는 어린 왕자가 다시 말했다.

"그건 '곧 사라질 위험이 있음'을 의미해."

"내 꽃이 곧 사라질 위험이 있다는 말씀이세요?"

"그래."

'내 꽃은 일시적인 존재였구나. 내 꽃은 겨우 네 개의 가시로 세상에 맞서 자신을 지켜 내야 해! 그런 꽃을 홀로 남겨 두고 왔다니!' 어린 왕자는 생각했다.

별을 떠나온 뒤 처음으로 후회의 감정이 밀려왔다. 하지만 다시 용기를 냈다.

"저는 이제 어떤 별을 찾아가면 좋을까요?" 어린 왕자가 물었다.

"지구라는 별. 그 별은 아주 평판이 좋단다……." 지리학자가 대답했다.

어린 왕자는 자신의 별에 두고 온 꽃을 생각하며, 길을 떠났다.

16

그러니까 지구는 일곱 번째 별이었다. 지구는 그저 그런 별이 아니었다! 그 별에는 111명의 왕(물론 아프리카의 흑인 왕들도 포함하여), 7천 명의 지리학자, 90만 명의 사업가, 750만 명의 술 취한 사람, 3억 1천 100만 명의 허영심 가득한 사람, 다시 말해 약 20억 명의 어른이 살고 있었다.

지구가 얼마나 넓은지 이해하기 쉽도록 말하자면, 전기가 발명되기 전까지 여섯 개의 대륙을 통틀어 46만 2천 511명이나 되는 사람들이 가로등 켜는 일을 해야 했다.

그래서 조금 멀리서 바라본 지구의 모습은 찬란했다. 엄청난 수의 가로등 켜는 사람들의 움직임은 오페라 발레단의 움직임처럼 정돈되어 있었다.

처음엔 뉴질랜드와 오스트레일리아의 가로등 켜는 사람들이 등장한다. 그 사람들은 가로등을 켠 다음 잠을 자러 갔다. 그다음은 중국과 시베리아의 차례였고, 그 뒤를 러시아와 인도의 가로등 켜는 사람들이 이었다. 이들이 무대 뒤로 사라지고 나면 아프리카와 유럽의 가로등 켜는 사람들이 나타났다. 그 뒤에는 남아메리카, 또 그 뒤에는 북아메리카의 가로등 켜는 사람들의 순서로 이어졌다.

그들이 무대에 등장하는 순서를 틀리는 일은 결코 없었다. 정말 장엄한 광경이었다. 단 북극과 남극에 홀로 있는 가로등 켜는 사람만이 한가로이 유유자적했다. 그들은 1년에 두 번만 일했다.

17

재치를 뽐내려다 보면 거짓말을 좀 보태게 되기도 한다. 난 방금 가로등 켜는 사람들에 대해 아주 정직하게 말하지는 않았다. 내 말 때문에 지구를 잘 알지 못하는 사람들이 오해를 할 가능성이 있다. 어른들이 지구에서 차지하고 있는 공간은 아주 작다. 지구에 살고 있는 20억 명의 어른들이 어느 모임에서처럼 바짝 붙어 선다면, 가로 20마일 세로 20마일 크기의 광장에 쉽게 들어갈 수 있을 것이다. 어쩌면 태평양의 가장 작은 섬에 모아 놓을 수도 있을 것이다.

물론 어른들은 믿지 않을 것이다. 어른들은 자신들이 큰 공간을 차지하고 있다고 생각한다. 또 어른들은 자신들이 바오밥나무처럼 중요하다고 생각한다. 그러니까 어른들에게 직접 계산을 좀 해 보라고 해야 한다. 어른들은 숫자를 아주 좋아하니까. 하지만 이런 지겨운 문제로 시간을 낭비하지는 말길. 그건 소용없는 일이다. 내 말만 믿으면 된다.

지구에 도착한 어린 왕자는 아무도 만날 수 없다는 사실에 깜짝 놀랐다. 잘못 찾아온 것은 아닌지 두려워졌다. 그때 모래 속에서 달빛 고리 모양의 무언가가 움직이는 것이 보였다.

"좋은 밤이야." 혹시나 하는 마음에 어린 왕자가 인사를 건넸다.

"좋은 밤이야." 뱀이 대답했다.

"내가 어느 별에 떨어진 거지?" 어린 왕자가 물었다.

"지구야. 그리고 여기는 아프리카고." 뱀이 대답했다.

"아! 그럼 지구에는 사람이 살지 않아?"

"여긴 사막이야. 사막에는 아무도 없지. 지구는 아주 넓어." 뱀이 말했다.

어린 왕자는 돌 위에 앉아 하늘을 올려다보았다.

"내 생각엔……. 별이 반짝이는 건 언젠가 모든 사람이 자기 별을 찾아낼 수 있게 하려는 것 같아. 내 별을 봐. 바로 우리 위에 있어. 하지만 내 별은 너무 멀리 있어."

"네 별은 아름답구나. 그런데 여기에 뭐 하러 왔니?"

"어떤 꽃과 문제가 있었어." 어린 왕자가 말했다.

"아, 그래?" 뱀이 대답했다.

그러고 난 뒤 둘은 아무 말도 하지 않았다.

"사람들은 어디 있어? 사막은 좀 외로운 기분이 들게 하는 곳이구나……."

"사람들 사이에 있어도 외로운 건 똑같아." 뱀이 말했다.

어린 왕자는 오랫동안 뱀을 바라보다가 말했다.

"넌 참 이상한 동물이야. 손가락처럼 가느다랗고 말이야……."

"하지만 난 왕의 손가락보다 더 강해." 뱀이 말했다.

어린 왕자가 미소 지었다.

"넌 아주 강해 보이지는 않는걸……. 발도 없고……. 넌 여행도 할 수 없어……."

"난 널 배보다 멀리 데려갈 수 있어." 뱀이 말했다.

뱀은 어린 왕자의 발목을 금빛의 발찌처럼 휘감으면서 계속 말했다.

"난 내게 닿은 것을 그것이 태어난 땅으로 되돌려보낼 수 있어. 하지만 넌 순수해 보이고 다른 별에서 왔으니까……."

어린 왕자는 아무 대답도 하지 않았다.

"네가 불쌍해. 바위투성이인 지구에 너처럼 약한 아이가……. 언젠가 네 별이 너무 그립다고 느껴지면 내가 널 도울 수 있어. 난……."

"응, 잘 알았어. 그런데 넌 언제나 수수께끼 같은 말만 하니?" 어린 왕자가 물었다.

"난 수수께끼를 다 풀어 줄 수 있거든." 뱀이 말했다.
그리고 그들은 침묵했다.

18

어린 왕자는 사막을 가로질러 걸었지만, 꽃 한 송이밖에 만날 수 없었다. 꽃잎이 세 개뿐인, 보잘것없는 꽃이었다.

"안녕." 어린 왕자가 말했다.

"안녕." 꽃이 말했다.

"사람들은 어디 있어?" 어린 왕자가 공손하게 물었다.

꽃은 언젠가 상인들이 지나는 것을 본 일이 있었다.

"사람들? 몇 년 전에 예닐곱 명의 사람을 본 적이 있어. 하지만 어디에 가면 만날 수 있는지는 나도 몰라. 그들은 바람 부는 대로 이리저리 떠돌아다니거든. 사람들은 뿌리가 없어. 그래서 아주 힘들어해."

"잘 있어." 어린 왕자가 작별 인사를 건넸다.

"잘 가." 꽃이 대답했다.

19

어린 왕자는 높은 산에 올라갔다. 지금까지 어린 왕자가 본 산은 그의 무릎에 닿는 세 개의 화산이 전부였다. 불을 뿜지 않는 화산은 의자로 사용하곤 했다.

'이렇게 높은 산에서라면 이 별과 사람들을 단번에 내려다볼 수 있겠어.'

하지만 그의 눈에 보이는 것은 날카로운 뾰족산들뿐이었다.

"안녕." 어린 왕자는 무턱 대고 인사했다.

"안녕…… 안녕…… 안녕……." 메아리가 대답했다.

"너흰 누구야?" 어린 왕자가 물었다.

"너흰 누구야…… 너흰 누구야…… 너흰 누구야……." 메아리가 대답했다.

"우리 친구하자. 난 외로워."

어린 왕자가 말했다.

"난 외로워…… 난 외로워…… 난 외로워……." 메아리가 대답했다.

"참 이상한 별이야! 아주 메마르고 뾰족하고 소금투성이야. 게다가 사람들은 상상력이라곤 없어. 남이 한 말만 되풀이해서 이야기해. 내 별의 그 꽃은 언제나 먼저 이야기를 건넸었는데……."

20

어린 왕자는 모래와 바위와 눈을 뚫고 오랫동안 걸었다. 그리고 마침내 길을 하나 발견했다. 길은 언제나 사람들이 있는 곳으로 나 있기 마련이다.

"안녕." 어린 왕자가 말했다.

그곳은 장미꽃이 만발한 정원이었다.

"안녕." 장미꽃들이 말했다.

어린 왕자는 장미꽃들을 바라보았다. 모든 꽃이 어린 왕자의 별에 남겨진 꽃과 닮아 있었다.

"너흰 누구야?" 깜짝 놀란 어린 왕자가 물었다.

"우린 장미야." 장미들이 말했다.

"아……." 어린 왕자가 말했다.

어린 왕자는 자기 자신이 아주 불행하게 느껴졌다. 그의 꽃은 온 우주에 자기와 같은 꽃은 오직 하나뿐이라고 말하곤 했었다. 그런데 이 정원에는 그 꽃과 비슷한 꽃이 5천 송이나 피어 있는 것이다.

'내 꽃이 이걸 본다면 엄청 자존심 상해 할 거야. 웃음거리가 되지 않으려고 기침을 아주 심하게 해 대겠지. 숨이 넘어가는 척을 할지도 몰라. 그러면 난 간호하는 시늉을 해야 할 거야. 그렇게 하지 않으면 그 꽃은 정말로 죽을 수도 있어. 내가 죄책감을 느끼게 하려고 말이야…….'

어린 왕자는 계속 생각했다.

'세상에 단 하나밖에 없는 꽃을 가진 줄 알고, 부자라고 믿었었는데……. 내가 가진 건 그냥 평범한 장미꽃이었어. 그 꽃과 무릎까지도 닿지 않는 세 개의 화산, 그중 하나는 아마도 영원히 불을 뿜지 않을지도 몰라. 고작 이것만 가지고서는 난 위대한 왕자가 되지 못할 거야.'

어린 왕자는 풀밭에 엎드려 울어 버렸다.

21

여우가 나타난 건 그때였다.

"안녕." 여우가 말했다.

"안녕."

어린 왕자가 공손하게 대답하며 뒤를 돌아보았지만 아무것도 보이지 않았다.

"난 여기 있어. 사과나무 아래에."

"넌 누구야? 아주 예쁘구나." 어린 왕자가 말했다.

"난 여우야." 여우가 말했다.

"이리 와서 나하고 같이 놀자. 난 지금 너무 슬퍼……." 어린 왕자가 여우에게 부탁했다.

"난 너하고 같이 놀 수 없어. 나는 길들여지지 않았거든." 여

우가 말했다.

"아, 미안해." 어린 왕자가 대답했다.

하지만 잠시 생각을 한 뒤에 어린 왕자가 물었다.

"근데 길들인다는 게 무슨 의미야?"

"넌 이곳에 사는 애가 아니구나. 여기서 뭘 찾고 있는 거야?" 여우가 말했다.

"사람들을 찾고 있어. 길들인다는 게 무슨 뜻이야?" 어린 왕자가 말했다.

"사람들은 말이지, 총을 가지고 사냥을 해. 그건 정말 난감한 일이야. 사람들은 닭도 키우지. 그게 사람들의 유일한 장점이야. 너도 닭을 찾고 있어?"

"난 친구를 찾고 있어. 그런데 길들인다는 게 무슨 의미야?"

"그건 사람들이 너무나 잊고 있는 건데…… '관계를 맺는다'는 의미야."

"관계를 맺는다고?"

"응. 넌 아직 나에게 수많은 다른 아이들과 하나도 다를 게 없는 아이일 뿐이야. 그러니까 난 네가 필요하지 않아. 너도 내가 필요하지 않고. 너에게 나는 수많은 다른 여우들과 다를 바 없는 한 마리 여우일 뿐이거든. 하지만 네가 나를 길들인다면 우리는 서로 필요하게 되는 거야. 너는 나에게 이 세상 단 하나뿐인 아이가 되는 거고, 나는 너에게 이 세상 단 하나뿐인 여우가

되는 거지."

"조금은 알 것 같아. 내 별엔 꽃 한 송이가 있어. 내 생각 엔…… 그 꽃이 날 길들인 것 같아……." 어린 왕자가 말했다.

"그럴 수도 있지. 지구에는 온갖 일들이 다 일어나니까." 여우 가 말했다.

"아니, 그건 지구에서 일어난 일이 아니야." 어린 왕자가 말했 다.

여우는 아주 놀란 것처럼 보였다.

"다른 별에서 있었던 일이라는 거야?"

"응."

"그 별에는 사냥꾼들이 있어?"

"아니."

"그래? 흥미가 좀 생기는걸! 그럼 닭은?"

"없어."

"완벽한 건 없다니까." 여우는 한숨을 내쉬더니 계속 말했다.

"내 삶은 단조로워. 나는 닭을 쫓고, 사람들은 나를 쫓지. 닭 은 모두 비슷하게 생겼고, 사람도 모두 비슷하게 생겼어. 그래 서…… 말하자면 좀 따분해. 하지만 네가 날 길들인다면 내 삶 은 햇볕이 든 것처럼 환해질 거야. 난 네 발소리가 다른 어떤 발 소리와도 다르다는 걸 알게 될 거야. 다른 발소리는 날 땅속으 로 숨게 만들어. 하지만 네 발소리는 음악처럼 날 밖으로 불러

낼 거야. 그리고 저길 봐! 밀밭이 보여? 난 빵을 먹지 않아. 밀은 내게 아무 소용이 없어. 밀밭을 봐도 아무 생각도 떠오르지 않아. 그건 서글픈 일이야! 하지만 네 머리카락은 금빛이구나. 네가 날 길들이게 되면 멋지겠는걸! 황금색 밀을 볼 때마다 네가 떠오를 테니까. 그럼 난 밀밭 사이로 불어오는 바람도 좋아하게 될 거야⋯⋯."

여우는 입을 다물었고 어린 왕자를 오랫동안 바라보았다.

"부탁이야⋯⋯. 날 길들여 줘!" 여우가 말했다.

"나도 그러고 싶어. 하지만 난 시간이 별로 없는걸. 친구들을 찾아야 하고, 배워야 할 것들도 많아." 어린 왕자가 대답했다.

"누구든 자기가 길들인 것만 알 수 있기 마련이야. 사람들은 이제 새로 무언가를 알게 될 시간이 없어. 사람들은 상점에서 다 만들어진 것만을 사. 하지만 친구를 만들어 파는 상점은 없으니까 사람들은 이제 친구가 없어. 친구를 갖길 원한다면, 날 길들여 줘!"

"어떻게 해야 해?" 어린 왕자가 말했다.

"참을성을 길러야 해. 우선 내게서 좀 떨어져서 풀밭에 앉아 봐. 난 널 곁눈질해 볼 거지만, 넌 아무 말도 하지 말아야 해. 말은 오해의 근원이거든. 그리고 넌 매일 조금씩 다가와 앉으면 돼⋯⋯."

다음 날 어린 왕자가 다시 여우를 찾아왔다.

"같은 시간에 오는 편이 더 좋았을걸. 가령 네가 오후 4시에 온다면 난 3시부터 행복해지기 시작할 거야. 시간이 지날수록 난 더 행복해지겠지. 4시가 되면 벌써 난 설레고 안절부절못할 거야. 그러면서 행복의 가치를 알게 되는 거지! 하지만 네가 아무 때나 찾아온다면 언제 마음의 준비를 해야 할지 알 수 없잖아. 그래서 의식이 필요해." 여우가 말했다.

"의식이 뭐야?" 어린 왕자가 말했다.

"그것도 사람들이 너무나 잊고 있는 거야. 의식은 어떤 날을 다른 날들과 다르게, 어떤 시간을 다른 시간들과 다르게 만드는 거란다. 예를 들면 날 쫓는 사냥꾼들에게는 의식이 있어. 그들은 목요일이면 마을 소녀들과 춤을 추지. 그러니까 내게 목요일은 멋진 날인 거야! 난 포도밭까지 산책을 하기도 해. 사냥꾼들이 아무 때나 춤을 춘다면, 나의 매일은 비슷비슷해질 거야. 휴식이라는 여유로운 시간도 없어지겠지."

이렇게 해서 어린 왕자는 여우를 길들이게 되었다. 헤어질 시간이 다가왔을 때 여우가 이렇게 말했다.

"아! 눈물이 나려고 해……."

"네 잘못이야. 난 결코 네 맘을 아프게 할 생각은 없었어. 하지만 넌 내가 널 길들여 주기를 원했고……."

"그래, 맞아." 여우가 말했다.

"하지만 너 울 것 같아!" 어린 왕자가 말했다.

"응, 맞아." 여우가 말했다.

"그럼 넌 얻은 게 없잖아!"

"얻은 게 있어. 밀밭 빛깔이 있는걸." 여우가 덧붙여 말했다.

"장미꽃들을 다시 보러 가 봐. 너는 네 장미꽃이 세상에 단 하나뿐인 꽃이라는 걸 알게 될 거야. 그런 다음 내게 작별 인사를 하러 와. 그럼 선물로 비밀을 하나 알려 줄게."

어린 왕자는 다시 장미꽃들을 보러 갔다.

"너희는 내 꽃과 하나도 닮지 않았어. 너희는 아무것도 아니야. 너희를 길들인 사람은 아무도 없고, 너희가 길들인 사람도 아무도 없어. 너흰 예전의 내 여우 같아. 처음에 그는 수많은 다른 여우들과 다를 게 없었어. 하지만 난 여우와 친구가 되었고, 그 여우는 세상에 단 하나뿐인 여우가 되었지." 어린 왕자는 꽃들에게 말했다.

그러자 장미꽃들은 아주 난처해했다.

"너희는 아름다워. 하지만 의미가 없어. 너희를 위해 죽을 수 있는 사람은 없을 거야. 물론 지나가던 어떤 사람이 내 꽃을 보고 너희와 비슷하다고 생각할 수도 있어. 하지만 나에게는 그 꽃이 너희를 모두 합친 것보다 더 소중해. 내가 물을 주고, 유리

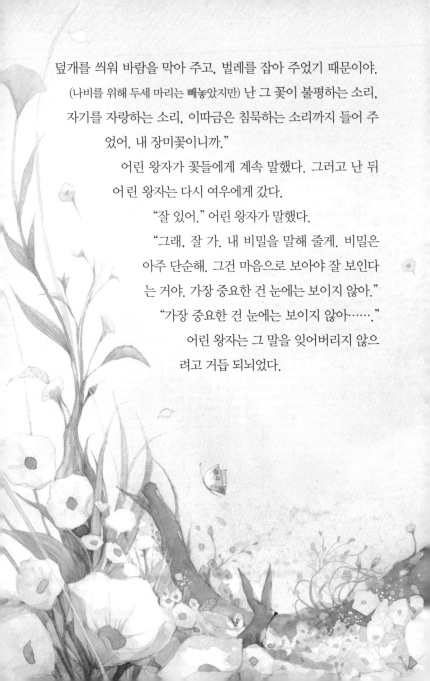

덮개를 씌워 바람을 막아 주고, 벌레를 잡아 주었기 때문이야.
(나비를 위해 두세 마리는 빼놓았지만) 난 그 꽃이 불평하는 소리,
자기를 자랑하는 소리, 이따금은 침묵하는 소리까지 들어 주
었어. 내 장미꽃이니까."

어린 왕자가 꽃들에게 계속 말했다. 그러고 난 뒤
어린 왕자는 다시 여우에게 갔다.

"잘 있어." 어린 왕자가 말했다.

"그래, 잘 가. 내 비밀을 말해 줄게. 비밀은
아주 단순해. 그건 마음으로 보아야 잘 보인다
는 거야. 가장 중요한 건 눈에는 보이지 않아."

"가장 중요한 건 눈에는 보이지 않아……."
어린 왕자는 그 말을 잊어버리지 않으
려고 거듭 되뇌었다.

　"네 장미꽃이 그렇게 소중해진 건 네가 장미꽃에 공들인 시간 때문이야."

　"내 장미꽃이 그렇게 소중해진 건 내가 장미꽃에 공들인 시간 때문이야……." 어린 왕자는 잊어버리지 않기 위해 여우의 말을 되뇌었다.

　"사람들은 이 진리를 잊고 있어. 하지만 너는 잊어서는 안 돼. 넌 영원히 네가 길들인 것에 책임을 져야 해. 넌 네 장미꽃에 책임이 있어."

　"내 장미꽃에 책임이 있어……." 잊어버리지 않기 위해 어린 왕자는 또 한 번 되뇌었다.

22

"안녕하세요." 어린 왕자가 말했다.

"안녕." 전철수가 말했다.

"여기서 뭐 하세요?" 어린 왕자가 말했다.

"승객들을 천 명씩 나누어 태우는 거야. 또 그 승객들이 탄 기차를 오른쪽으로 보내기도 하고, 때로는 왼쪽으로 보내기도 하지."

환하게 불을 밝힌 특급 열차가 천둥 치는 소리를 내면서 전철수가 일하는 작은 공간을 흔들었다.

"사람들이 아주 바빠 보이네요. 뭘 찾으러 가는 걸까요?" 어린 왕자가 말했다.

"그건 기관사도 모르는 일이야." 전철수가 말했다.

그러자 반대편에서 환하게 불을 밝힌 두 번째 특급 열차가 요란한 소리를 내며 달려왔다.

"그 사람들이 벌써 되돌아오는 거예요?" 어린 왕자가 물었다.

"같은 사람들이 아니야. 두 기차가 엇갈리는 거란다." 전철수가 말했다.

"저 사람들은 자신들이 사는 곳이 만족스럽지 않았나 봐요?"

"자기가 사는 곳이 만족스러운 사람은 한 명도 없어." 전철수가 말했다.

그러자 환하게 불을 밝힌 세 번째 특급 열차가 천둥이 치는 것처럼 요란한 소리를 내며 들어왔다.

"이 사람들은 첫 번째 기차의 승객들을 쫓아가는 건가요?" 어린 왕자가 물었다.

"그들은 아무것도 쫓아가지 않아……. 기차 안에서 잠을 자거나 하품을 하지. 오직 아이들만 유리창에 코를 바짝 대고 창밖을 본다."

"자기들이 뭘 찾는지 아는 건 아이들뿐이에요. 아이들은 낡은 헝겊 인형에 시간을 쏟아부어요. 그렇게 낡은 헝겊 인형은 아주 소중한 것이 되지요. 그래서 그걸 빼앗기면 아이들은 울고 말아요." 어린 왕자가 말했다.

"아이들은 행복하겠군." 전철수가 말했다.

23

"안녕하세요?" 어린 왕자가 말했다.

"안녕." 상인이 말했다.

그 사람은 갈증을 가라앉히는 효과가 있는 새로 나온 알약을 파는 상인이었다. 일주일에 한 번 먹으면 물을 마시고 싶은 생각이 더 이상 들지 않는 약이었다.

"이걸 왜 파는 거예요?" 어린 왕자가 말했다.

"시간을 절약할 수 있거든. 전문가들이 계산을 해 보니까, 매주 53분을 절약할 수 있대."

"그럼 그 53분 동안 뭘 하는데요?"

"자기가 원하는 걸 하지……."

어린 왕자는 생각했다.

'나라면……. 나에게 여유롭게 보낼 수 있는 53분이 생긴다면, 샘물을 향해 아주 천천히 걸어갈 거야…….'

24

사막에서 비행기가 고장 난지 여덟 번째 되는 날이었다. 나는 상인의 이야기를 들으면서 마지막 남은 물을 마셨다. 그리고 어린 왕자에게 말했다.

"그래! 네 추억은 아주 흥미진진해. 하지만 난 아직 비행기를 고치지 못했어. 마실 물은 바닥났지. 샘물을 향해 아주 천천히 걸어갈 수만 있다면 정말 행복할 거야!"

"내 친구인 여우가 이렇게 말했……."

"꼬마야, 지금은 여우가 문제가 아니야!"

"왜?"

"물이 없으니까. 우린 갈증으로 죽을지도 몰라……."

어린 왕자는 내 말뜻을 이해하지 못하고 이렇게 대답했다.

"죽어 간다 하더라도 친구를 갖는 건 소중한 일이야. 난 여우라는 친구를 갖게 되어서 아주 좋아……."

'지금이 얼마나 위험한 상황인지 감지하지 못하는구나. 이 아이는 배가 고프지도 목이 마르지도 않아. 조금의 햇빛만 있으면 충분한 것 같아.' 나는 생각했다.

하지만 나를 바라보던 어린 왕자는 이렇게 말했다.

"나도 목이 말라⋯⋯. 같이 샘물을 찾아봐⋯⋯."

나는 소용없다는 몸짓을 했다. 끝없이 펼쳐진 사막에서 무턱대고 물을 찾으러 간다는 것은 터무니없는 일이었다. 그렇지만 우리는 걷기 시작했다.

몇 시간 동안 아무 말없이 걷고 나자 밤이 되었고, 별이 빛나기 시작했다. 심한 갈증으로 미열이 있었던 나는 꿈속에서 별들을 보는 것 같았다. 어린 왕자의 말이 기억 속에서 춤추고 있었다.

"그러니까 너도 목이 마르다는 거지?"

나는 어린 왕자에게 물었다. 하지만 어린 왕자는 내 질문에 대답하지 않았다. 그는 단지 이렇게 말했다.

"물은 마음에도 좋은 것일지 몰라……."

어린 왕자가 한 말을 이해하지 못했지만 아무 말도 하지 않았다. 그에게 질문할 필요가 없다는 걸 난 잘 알고 있었다.

어린 왕자는 지쳐 있었다. 그는 주저앉았고, 나도 그의 옆에 앉았다. 잠시 말이 없던 어린 왕자가 다시 말했다.

"별들이 아름다운 건, 보이지 않는 한 송이 꽃 덕분이야……."

"그렇지."

나는 그의 말에 대답하고는 달빛 아래 물결치는 모래 언덕을 말없이 바라보았다.

"사막은 아름다워." 어린 왕자가 계속 말했다.

그건 사실이었다. 나는 언제나 사막을 사랑했다. 모래 언덕에 앉으면 아무것도 보이지 않는다. 아무 소리도 들리지 않는다. 그렇지만 그 안에 무언가가 조용히 빛나고 있다.

"사막이 아름다운 건…… 어딘가에 샘물이 숨겨져 있기 때문이야……." 어린 왕자가 말했다.

나는 사막에서 신비롭게 반짝이는 그것이 무엇인지 깨닫고

깜짝 놀랐다. 어린 시절 나는 오래된
집에서 살았다. 그 집에는 보물이 숨
겨져 있다고 했다. 물론 보물을 발견
한 사람은 아무도 없었고, 아마도 보물
을 찾으려고 시도해 본 사람도 없었을
거다. 하지만 보물은 집 전체에 마법을 걸었다. 우리 집 어딘가
깊숙한 곳에 비밀이 숨겨져 있었다.

"집이든 별이든 사막이든, 그것들을 아름답게 하는 건 눈에는
보이지 않아." 나는 어린 왕자에게 말했다.

"아저씨가 내 여우와 같은 생각을 하고 있어서 기뻐." 어린 왕
자가 말했다.

어린 왕자가 잠이 들었기 때문에 나는 그를 품에 안고 다시
길을 걸었다. 감동이 밀려왔다. 부서지기 쉬운 보물을 안고 있
는 것 같았다. 지구를 통틀어 어린 왕자보다 연약한 존재는 없
을 것 같다는 생각까지 들었다. 달빛 아래 어린 왕자의 창백한
이마, 감은 두 눈, 바람에 흩날리는 머리카락을 바라보면서 생
각했다.

'내가 보는 건 겉모습에 불과해. 가장 중요한 건 눈에는 보이
지 않아……'

나는 반쯤 벌어진 어린 왕자의 입술이 살짝 미소 짓는 것을
보며 생각을 이어 갔다.

'잠들어 있는 어린 왕자가 이토록 감동을 주는 건, 한 송이 꽃을 향한 성실함이 가득 담긴 그의 마음 때문이야. 잠들어 있을 때조차 그의 가슴속에서 등불처럼 빛을 내는 한 송이 꽃의 모습 때문이야.'

그러고 나니 어린 왕자가 더욱 상처받기 쉬운 존재로 느껴졌다. 등불은 잘 지켜야 한다. 한 줄기 바람에도 꺼질 수 있으니까…….

그렇게 걷던 나는 해가 뜰 무렵 샘물을 발견했다.

25

"사람들은 서둘러 특급 열차로 몰려들지만 자신들이 뭘 찾으러 가는지 알지 못해. 그래서 그들은 분주히 움직이지만 제자리를 맴돌기만 하는 거야……. 그럴 필요가 없는데……." 어린 왕자가 말했다.

우리가 도착한 샘물은 사하라 사막의 여느 샘물과는 달랐다. 사하라 사막의 샘물은 대부분 모래에 파 놓은 구멍의 모습이다. 그런데 이 샘물은 마을의 우물과 비슷했다. 하지만 주변에 마을은 보이지 않았고, 나는 꿈을 꾸는 것 같았다.

"이상해. 모든 게 준비되어 있어. 도르래, 두레박, 밧줄……."

어린 왕자는 내 말에 웃으며 도르래를 당겼다. 그러자 도르래는 오랫동안 잠들어 있던 낡은 풍차가 바람에 움직이는 깃 같은 소리를 냈다.

"들려? 우리가 우물을 깨우니까 우물이 노래를 해." 어린 왕
자가 말했다.

나는 어린 왕자를 힘들게 하고 싶지 않았다.

"내가 할게. 네겐 너무 무거워."

나는 천천히 두레박을 끌어올려 우물 가장자리에 잘 두었다.
내 귀에는 도르래의 노래가 계속되었고, 찰랑이는 물속에서 햇
살이 일렁이는 것이 보였다.

"물을 마시고 싶어. 물을 좀 줘."

어린 왕자의 말에 그가 무엇을 찾고 있는지 깨달았다. 나는
물통을 그의 입술에 대 주었다. 어린 왕자는 두 눈을 감은 채 물
을 마셨다. 물은 축제처럼 감미로웠다. 이 물은 단순한 먹을 것
이상이었다. 그것은 별빛 아래에서 걷고, 도르래 노랫소리에 맞
추어 나의 두 팔이 노동한 대가로 태어났다. 이 물은 마치 선물
처럼 기분을 좋게 만들었다. 어린 시절 크리스마스

트리의 불빛, 자정 미사의 음악, 사람
들의 부드러운 미소가 내가 받은 크
리스마스 선물을 빛나게 해 주었던
것처럼 말이다.

"지구 사람들은 정원 하나에 5천
송이의 장미를 키워. 하지만 자기

들이 찾는 걸 그 안에서 발견하지는 못해."

"그래. 네 말이 맞아……."

"하지만 그들이 찾는 걸 단 한 송이의 꽃이나 한 모금의 물에
서 찾을 수도 있어……."

"물론이야."

"하지만 그건 눈에 보이지 않아. 마음으로 찾아야 해."

나는 물을 마시고 크게 숨을 내쉬었다. 해 뜰 녘 빛을 받은 모
래는 꿀 빛깔을 띤다. 나는 이 꿀 빛깔에도 행복했다. 마음을 힘
들게 할 필요가 어디에도 없었다.

"약속을 지켜 줘."

내 곁으로 다가온 어린 왕자가 부드럽게 말했다.

"약속? 무슨 약속?"

"아저씨가 약속했잖아. 양의 입마개……. 난 그 꽃에 책임이
있거든."

나는 주머니에서 그림을 몇 장 꺼냈다. 어린 왕자는 그림을
보더니 웃으며 말했다.

"아저씨가 그린 바오밥나무는 양배추 같아."

"아, 그래?"

나는 내가 그린 바오밥나무를 아주 자랑스러워했는데…….

"아저씨가 그린 여우는 귀가…… 뿔 같아……. 너무 길어."

어린 왕자는 계속 웃었다.

"너무하잖아. 나는 속이 들여다보이거나 들여다보이지 않는 보아 뱀 밖에 그릴 줄 모른단 말이야."

"아, 그건 괜찮아. 아이들은 다 알고 있으니까."

나는 연필로 입마개를 그려 어린 왕자에게 건네면서 마음이 조마조마했다.

"너, 내가 모르는 계획이 있는 거야?"

하지만 그는 내 말에 대답하지 않았다. 대신 이렇게 말했다.

"내일은 내가 지구에 떨어진 지 1년째 되는 날이야."

그러더니 잠시 입을 다물었다가 계속 말했다.

"바로 이 근처에 떨어졌어……." 그는 얼굴을 붉혔다.

나는 이유를 알 수 없는 슬픔을 다시 느꼈다. 그러는 사이 한 가지 의문이 떠올랐다.

"너를 처음 만날 날 아침 말이야. 네가 사람들이 사는 곳에서 수천 마일이나 떨어져 혼자 걷고 있었던 건 우연이 아니었던 거야? 너, 네가 떨어진 곳으로 되돌아가고 있었던 거야?"

어린 왕자는 계속 얼굴을 붉혔다. 나는 조금 주저하면서 덧붙였다.

"1년이 되었기 때문에?"

어린 왕자는 다시 얼굴을 붉혔다. 그는 어떤 대답도 하지 않았다.

하지만 얼굴을 붉힌다는 것은 그렇다는 의미가 아닐까?

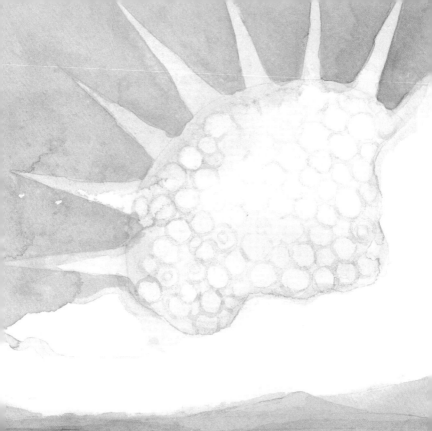

"아! 난 두려워……." 나는 그에게 말했다.

"이제 아저씨는 일을 해야 해. 아저씨는 비행기로 되돌아가야지. 난 여기서 기다릴게. 내일 저녁에 다시 와……." 어린 왕자가 말했다.

하지만 마음이 놓이지 않았다. 나는 여우를 떠올렸다. 길들여진다는 건 눈물을 흘릴 일이 생긴다는 것인지도 모른다.

26

우물 옆에는 오래된 돌담이 무너져 있었다. 다음 날 저녁 비행기를 고치고 돌아왔을 때, 어린 왕자는 그 위에 앉아서 다리를 늘어뜨리고 있었다. 누군가 말하는 소리가 들렸다.

"기억이 안 나? 이곳은 확실히 아니야." 그가 말했다.

누군가 대답을 했는지 어린 왕자가 다시 말했다.

"아니! 아니! 날짜는 맞는데 장소는 여기가 아니라고……."

나는 돌담 쪽으로 걸었다. 어린 왕자 말고는 아무도 볼 수 없었고, 아무 소리도 들리지 않았다. 하지만 어린 왕자는 누군가에게 대답했다.

"…… 물론이야. 내 발자국이 모래 속 어디에서 시작되는지 봐 둬. 넌 거기서 날 기다리기만 하면 돼. 오늘 밤 그곳으로 갈

게.”

나는 돌담에서 20미터 쯤 떨어져 있었고, 여전히 아무것도 보이지 않았다.

잠시 말이 없던 어린 왕자가 계속 말했다.

“네 독은 좋은 거지? 내가 오랫동안 아프진 않을 거라는 게 확실한 거지?”

나는 가슴이 메어 왔고, 도무지 이해가 되지 않았다.

“이제 가. 다시 내려가고 싶어.” 그가 말했다.

그제야 나는 돌담 아래로 시선을 옮겼고, 깜짝 놀라서 펄쩍 뛰었다. 30초 안에 사람의 목숨을 앗아 갈 수 있는 독을 가진 노란 뱀 한 마리가 그를 향해 머리를 꼿꼿이 세우고 있었다.

나는 권총을 꺼내려고 주머니를 뒤지며 달렸다. 하지만 내 소리에 뱀은 사라지는 물줄기처럼 조용히 모래 속으로 기어 들어 갔다. 그러고는 가벼운 금속성 소리와 함께 슬그머니 돌 틈으로 사라졌다. 나는 돌담에 도착한 순간 눈처럼 창백한 얼굴의 어린 왕자를 두 팔로 받아 안았다.

“무슨 일이야? 지금 뱀하고 이야기한 거야?”

나는 어린 왕자가 항상 두르고 있던 황금빛 목도리를 풀었다. 나는 그의 관자놀이를 물로 적시고, 또 물을 좀 마시게 했다. 그러고는 더 이상 아무런 질문도 할 수 없었다. 그는 나를 심각하게 바라보았고 두 팔로 내 목을 감싸 안았다. 나는 그의 심장이

The Star

Twinkle, twinkle, little star,
How I wonder what you are.
Up above the world so high,
Like a diamond in the sky.

총에 맞아 죽어 가는 새처럼 뛰는 것을 느꼈다.

"아저씨가 고장 난 비행기를 고쳤다니 기뻐. 아저씨는 집으로 돌아갈 수 있을 거야……."

"그걸 어떻게 알아?"

나는 고치지 못할 줄 알았던 비행기를 기적적으로 고쳐 냈음을 알리려던 참이었다. 그는 내 물음에 한 마디 대답도 하지 않고 계속 말했다.

"나도 오늘 내 별로 돌아가……."

그러고는 슬픈 목소리로 말을 이었다.

"내 별은 훨씬 멀어……. 그곳에 가는 건 정말 힘들어……."

나는 뭔가 이상한 일이 일어났다는 것을 분명히 느꼈다. 나는 그를 아기처럼 양팔로 꼭 안았다. 그가 심연 속으로 굴러떨어지고 있는 것 같은 느낌을 받으면서도, 내가 그를 붙잡기 위해 할 수 있는 일은 아무것도 없는 것 같았다.

그의 시선은 심각했고, 아주 먼 곳을 향해 방황하고 있었다.

"나에겐 아저씨가 그려 준 양이 있어. 양을 넣어 둘 상자도 있고. 그리고 입마개도 있어……."

그러더니 슬프게 미소 지었다. 나는 오랫동안 기다렸다. 그의 몸이 조금씩 따뜻해지는 것을 느꼈다.

"너, 무서웠던 거구나……."

어린 왕자는 분명 무서웠던 거다. 그럼에도 그는 부드럽게 미소 지으며 말했다.

"오늘 저녁에는 더 무서울 거야……."

나는 되돌릴 수 없는 일이 일어나고 있다는 느낌에 다시 한 번 온몸이 얼어붙는 것 같았다. 그리고 내가 어린 왕자의 웃음소리를 더 이상 듣지 못할 거라는 생각이 들었고, 그것을 견딜 수 없게 될 것이라는 것도 깨달았다. 그의 웃음소리는 내게 사막 속 샘물 같았다.

"난, 네 웃음소리를 더 듣고 싶어……."

하지만 그는 내게 말했다.

"오늘 밤이면 꼭 1년이 돼. 내 별은 정확히 작년에 내가 떨어진 곳 위에 있을 거야."

"뱀이니 약속이니 별이니 하는 이야기는 다 악몽이지?"

어린 왕자는 내 물음에는 대답하지 않고 말했다.

"중요한 건 눈에는 보이지 않아……."

"물론 그렇지……."

"꽃도 마찬가지야. 만일 아저씨가 어떤 별에 있는 꽃을 사랑한다면 밤에 별을 바라보는 게 기분 좋은 일이 될 거야. 모든 별에는 꽃이 피니까."

"그래……."

"물도 마찬가지야. 아저씨가 마시라고 준 물은 도르래와 밧줄 덕분에 꼭 음악 같았어. 정말 좋았어."

"그래⋯⋯."

"밤이 되면 별을 바라봐. 내 별은 너무 작아서 어디에 있는지 알려 줄 수가 없어. 그런데 그게 더 나아. 내 별은 아저씨에게 많은 별들 가운데 하나가 될 거야. 그럼 아저씨는 어느 별이든지 바라보면서 즐거울 거고. 그 별들은 모두 아저씨의 친구가 되어 줄 거야⋯⋯. 아저씨에게 줄 선물이 하나 있어⋯⋯."

어린 왕자가 웃었다.

"아! 난 네 웃음소리가 정말 좋아!"

"바로 그게 내 선물이야⋯⋯. 물도 마찬가지고⋯⋯."

"무슨 말이야?"

"모든 사람들에게 별이 똑같지는 않아. 여행자에게 별은 안내자야. 다른 어떤 사람에게 별은 작은 불빛에 지나지 않지. 과학자에게 별은 풀어야 할 문제야. 내가 만난 사업가에게 별은 황금이었어. 하지만 별은 말이 없어. 아저씨는 다른 누구도 갖지 못한 별을 갖게 될 거야⋯⋯."

"무슨 말이야?"

"밤에 하늘을 바라볼 때, 그 별들 중 한 곳에 내가 살고 있을 테니까. 내가 어느 한 별에서 웃고 있을 테니까, 아저씨에게는 모든 별들이 소리 내어 웃는 것 같이 보일 거야."

그리고 어린 왕자는 다시 한 번 웃었다.

"그리고 슬픔이 가라앉으면(슬픔은 언젠가는 가라앉는 법이니까)

아저씨는 나를 만난 걸 기쁘게 생각할 거야. 아저씨는 언제나 내 친구일 거야. 아저씨는 나와 함께 웃고 싶어질 거고. 그럴 때면 이따금 창문을 열겠지. 아저씨 친구들은 아저씨가 하늘을 쳐다보면서 웃고 있는 걸 보고 깜짝 놀랄 거야. 그럼 친구들에게 이렇게 말해 줘. '응, 별들은 언제나 날 웃게 해!' 친구들은 아저씨가 정신이 이상해졌다고 생각할지도 몰라. 그럼 난 아저씨한테 몹쓸 짓을 한 셈이 되겠네……."

어린 왕자는 다시 웃었다.

"그건 마치 내가 아저씨한테 별들 대신, 웃을 줄 아는 작은 방울들을 준 것 같을 거야."

어린 왕자는 다시 한 번 더 웃었다. 그러더니 이내 심각한 얼굴로 말했다.

　"오늘 밤……. 아저씨도 알지……. 오지 마."

　"네 곁을 떠나지 않을 거야."

　"난 아픈 것처럼 보일 거야……. 꼭 죽어 가는 것처럼 보일 지도 몰라. 원래 그래. 보러 오지 마. 그럴 필요 없어……."

　"네 곁을 떠나지 않을 거야."

　하지만 그는 걱정스러운 것 같았다.

　"이런 말을 하는 건…… 뱀 때문이기도 해. 아저씨를 물면 안 되니까. 뱀들은 심술궂어. 장난삼아 물 수도 있어……."

　"네 곁을 떠나지 않을 거야."

　어린 왕자는 뭔가에 안심한 것 같았다.

"하긴. 두 번째 물 때는 독이 없다고 했으니까……."

그날 밤 나는 어린 왕자가 길을 떠나는 것을 보지 못했다. 그는 조용히 사라졌다. 내가 겨우 따라잡는 데 성공했을 때 그는 빠른 걸음으로 단호하게 걷고 있었다. 그는 그저 이렇게 말했다.

"아! 아저씨네."

그러고는 내 팔을 잡았다. 그는 계속 걱정하며 말했다.

"잘못 선택한 거야. 나를 보는 건 힘든 일일 거야. 난 죽은 것처럼 보일 테지만 그건 사실이 아니야……."

나는 아무 말도 하지 않았다.

"아저씨는 이해할 거야. 내 별은 너무 멀어. 그래서 몸을 끌고

갈 수가 없어. 너무 무거우니까."

나는 아무 말도 하지 않았다.

"내 몸은 버려야 할 낡은 껍질 같은 거야. 낡은 껍질은 슬픈 게 아니야."

나는 아무 말도 하지 않았다. 어린 왕자는 조금 의기소침해졌다. 하지만 그는 다시 한 번 힘을 냈다.

"멋질 거야, 아저씨. 나도 별들을 쳐다볼 거야. 별들은 전부 녹슨 도르래가 있는 우물이 될 거야. 또 모든 별들이 내게 마실 물을 줄 거야."

나는 아무 말도 하지 않았다.

"정말 재미있을 거야! 아저씨는 5억 개의 작은 방울을 갖게 될 거고, 난 5억 개의 우물을 갖게 될 거야……."

그러고는 어린 왕자도 말을 잃었다. 울고 있었기 때문이었다.

"여기야. 혼자서 한 걸음만 걷게 해 줘."

그러더니 어린 왕자는 주저앉았다. 무서웠기 때문이었다.

그가 다시 말했다.

"있잖아……. 내 꽃……. 난 내 꽃에 책임이 있어. 그 꽃은 너무 연약해. 그리고 너무 순진해. 세상에 맞서서 자신을 보호할 것이라고는 네 개의 가시뿐인걸……."

나도 주저앉았다. 더 이상 서 있을 수 없었기 때문이었다. 그가 말했다.

"자…… 이제 끝났어……."

그는 잠시 더 망설이더니 몸을 일으켰다. 그는 한 걸음을 내딛었다. 나는 움직일 수 없었다.

어린 왕자의 발목 근처에서 노란빛이 반짝였다. 그는 한순간 움직이지 않았다. 소리를 지르지도 않았다. 그는 마치 나무가 쓰러지듯이 부드럽게 쓰러졌다. 모래 때문에 소리조차 들리지 않았다.

27

그러니까 벌써 여섯 해가 지났다. 나는 한 번도 이 이야기를 한 적이 없었다. 나를 다시 만난 친구들은 내가 살아 있다는 사실에 아주 기뻐했다. 나는 슬펐지만…… 그저 이렇게 말했다.

"피곤해……."

이제 나는 슬픔이 조금 가라앉았다. 다시 말하자면…… 완전히는 아니다. 하지만 나는 어린 왕자가 자기 별로 돌아갔다는 걸 잘 안다. 해 뜰 무렵 그의 몸을 볼 수 없었기 때문이다. 그의 몸은 그렇게 무겁지 않았다. 그리고 나는 밤에 별의 웃음소리를 듣는 걸 좋아한다. 그것은 마치 5억 개의 작은 방울 같다.

아! 이제 와서 이런 믿을 수 없는 일이 생기다니! 나는 어린 왕자에게 그려 준 입마개에 가죽끈을 다는 걸 잊어버렸다는 걸

뒤늦게 깨달았다. 어린 왕자는 절대로 양에게 입마개를 채울 수 없었을 거다. 그래서 나는 궁금해하곤 한다.

'그의 별에 무슨 일이 생겼을까? 양이 꽃을 먹어 버렸을지도 몰라⋯⋯.'

이따금 다르게도 생각한다.

'아닐 거야! 어린 왕자가 매일 밤 꽃을 유리 덮개로 덮어 숨겨 줄 거야. 그리고 분명 양을 잘 감시하고 있을 거야.'

그러면 나는 행복해진다. 모든 별들이 부드럽게 웃는 것도 같다. 하지만 때로는 이렇게 생각하기도 한다.

'어쩌다 방심이라도 하면, 큰일인데⋯⋯. 어느 날 어린 왕자가 유리 덮개 덮는 걸 잊는다거나 양이 밤중에 소리 없이 밖으로 나오기라도 하면⋯⋯.'

그럴 때면 작은 방울들은 모두 눈물로 변한다.

그건 정말 아주 커다란 수수께끼다. 나도, 어린 왕자를 사랑하는 여러분도, 우리가 알지 못하는 어느 곳에서 우리가 알지 못하는 양 한 마리가 꽃 한 송이를 먹었는지 아닌지에 따라 세상이 온통 달라진다.

하늘을 쳐다보시길. 그리고 생각하시길.

'양이 꽃을 먹어 버렸을까, 그렇지 않을까?'

그러면 여러분은 모든 게 달라지는 걸 알게 될 거다. 그런데 그게 중요하다는 걸 이해하는 어른은 한 명도 없을 것이다!

이건 내게 있어 세상에서 가장 아름답고 서글픈 풍경이다. 이 건 앞에 있는 것과 같은 풍경이지만 여러분에게 잘 보여 주기 위해서 한 번 더 그렸다. 어린 왕자가 지구에 나타났다가 사라 진 장소가 바로, 이곳이다.

언젠가 여러분이 아프리카를 여행하게 된다면, 이곳을 알아 볼 수 있도록 이 풍경을 주의 깊게 봐 주었으면 한다. 그리고 만 일 이곳을 지나게 된다면, 부탁하건데 서두르지 말고 별 바로 아래에서 조금만 기다렸으면 한다.

만일 그때 어린아이 하나가 다가와 소리 내어 웃는다면, 그 아이의 머리카락이 황금빛이라면, 또 묻는 말에 대답을 하지 않는다면, 여러분은 그가 누구인지 짐작할 수 있을 것이다.

그렇다면 부디 내게 친절을 베풀어 주시길.

내가 이렇게 슬퍼하도록 내버려두지 말고, 그가 돌아왔다고 빨리 편지를 보내 주시길……

지은이 앙투안 드 생텍쥐페리

생텍쥐페리(1900-1944)는 프랑스의 작가이자 비행사였다. 공군에 입대해 비행기 조종 기술을 배운 뒤 비행사가 되었는데, 이는 그의 삶과 문학 활동에 큰 영향을 주었다. 생텍쥐페리는 『남방 우편기』(1929)를 시작으로 『야간 비행』(1931), 『인간의 대지』(1939), 『어린 왕자』(1943) 등의 작품을 남겼다. 『어린 왕자』는 1935년 비행 도중 사하라 사막에 불시착했다가 기적적으로 구출된 경험을 바탕으로 쓰였으며, 전 세계적으로 많은 사랑을 받은 작품이다. 생텍쥐페리는 『어린 왕자』를 발표한 다음 해 1월 지중해로 정찰 비행을 나갔다가 영원히 돌아오지 못했다.

일러스트 김민지

JC엔터테인먼트에서 온라인 게임 디자인을 했고, 애니메이션 〈아크〉의 캐릭터 디자인과 컬러 코디네이션 및 일러스트 작업을 했다. 그동안 그림을 그린 책으로는 『피터 팬』, 『왕자와 거지』, 『이상한 나라의 앨리스』, 『오즈의 마법사』, 『나무 바람을 사랑하다』 등이 있다.

옮긴이 김미성

연세대학교와 동대학원에서 불어불문학을 공부했고, 프랑스 파리8대학에서 프랑스 낭만주의에 관한 연구로 박사학위를 취득했다. 박사학위 취득 후에는 문학뿐만 아니라 문화 전반으로 관심 영역을 확장해 이에 관련된 많은 논문과 저서를 발표했다. 출간한 역서로는 『오월의 밤』, 『백색의 시학』 등이 있다. 현재는 연세대학교 인문학연구원 HK연구교수로 재직하면서 문자의 사회 문화적 연구에 매진 중이다.

어린 왕자 아름다운 고전 리커버북 시리즈 ❶

지은이 | 앙투안 드 생텍쥐페리   **옮긴이** | 김미성   **일러스트** | 김민지
펴낸이 | 김종길   **펴낸 곳** | 글담출판사   **브랜드** | 인디고
출판등록 | 1998년 12월 30일 제2013-000314호   **주소** (04029) 서울특별시 마포구 월드컵로8길 41 (서교동483-9)
홈페이지 | indigostory.co.kr   **전화** | (02) 998-7030   **팩스** | (02) 998-7924
블로그 | blog.naver.com/geuldam4u   **페이스북** | www.facebook.com/geuldam4u
이메일 | geuldam4u@naver.com   **인스타그램** | geuldam
초판 1쇄 발행 | 2017년 8월 10일 **초판 11쇄 발행** | 2023년 8월 10일 **정가** | 13,800원
ISBN 979-11-5935-020-7 03860